KB116200

싸가지 없는 저항

강병언 지음

청어

싸가지 없는 저항

강병언 지음

발행처 · 도서출판 **청어**
발행인 · 이영철
기　획 · 김홍순 ㅣ 손영국
영　업 · 이동호
편　집 · 김영신 ㅣ 김인현
디자인 · 오주연
인　쇄 · 두리터

등　록 · 1999년 5월 3일(제22-1541호)

1판 1쇄 발행 · 2008년　9월 20일
1판 2쇄 발행 · 2008년 10월 15일

주소 · 서울시 서초구 서초동 1588-1 신성빌딩 A동 412호
대표전화 · 586-0477
팩시밀리 · 586-0478

블로그 · http://blog.naver.com/ppi20
E-mail · ppi20@hanmail.net

일러두기
(제1, 2장 구성에 대하여)

1 각 규범별 접근성을 용이하게 하기 위하여, 주변에서 흔히 일어
날 수 있는 다양한 사례를 각색하여 나열하였습니다.

2 청소년들의 눈높이에 맞추어 최대한 자세하게 해설하여 그 규범
의식을 느껴볼 수 있도록 하였습니다.

3 지도교사 및 학부모가 참고할 수 있도록 해당 조문을 간단히
덧붙여 놓았습니다.

| 머리말 |

『싸가지 없는 저항』을 내면서

어느 시대나 그러했듯이 청소년은 우리의 미래를 보는 거울이다.

하지만 그러한 거울이 깨어지지 않고 반듯하게 우리 사회를 비출 수 있도록 하기 위한 공동체적인 노력에도 불구하고 지금 이 시간에도 청소년들의 일탈행위는 계속되고 있다.

다행히 일부는 스스로 반성하고 정상적인 일상으로 돌아오기도 하지만, 일부는 범죄의 수렁에서 헤어나지 못해 더 집단화, 흉포화, 지능화 된 범죄를 저지르는 경우가 많은 것이 현실이다.

특히 광범위하고 급속한 인터넷의 보급, 다양한 영상매체의 출현, 핵가족의 심화 등으로 인한 사회 환경의 급속한 변화는 정립되지 않은 청소년들의 가치관과 맞물려 우리 자녀들을 일탈과 범죄의 바다 속으로 밀어넣고 있다.

그동안 우리는 청소년 범죄예방을 위해 학교 주변의 유해환경 정화 등 외부적 환경개선에는 많은 노력을 기울여 왔으나 상대적으로 규범의식 함양이라든가 더불어 사는 세상에서의 타인에 대한 배려 등과 같은 정신적 측면에 대한 교육은 다소 소홀하지 않았나 생각된다.

흔히 우리는 청소년들에게 그저 "나쁜 짓 하지 마라", "나쁜 짓 하면 감옥 간다"는 식의 교육만 하였을 뿐, 정작 어떤 행동이 어떤 법률에 저촉되는지, 처벌은 어떻게 되는지에 대한 구체적인 교육은 미흡하였다.

지금도 일부 학생들 사이에서는 폭력행위가 '별것 아닌 것'으로 치부되고, 인터넷에서 타인을 욕하고 명예를 훼손하는 것도 그리고 타인을 속여 재산상 이익을 취하는 소액사기 행위도 '그럴 수도 있는 것'으로 생각하는 청소년이 많다. 그저 사람 안 죽이고, 도둑질하지 않으면 다 괜찮다고 생각을 하는 모양이다. 안타까운 일이 아닐 수 없다.

"제가 뭘 잘못했나요", "죄가 되는 줄 몰랐는데요"라는 대답을 들으면 가슴이 답답할 뿐이다.

몰라서 또는 괜찮겠지 하면서 한 행위가 자신의 인생에 어떤 영향을 미칠지도 모른 채, 저지르고 나서 후회하는 청소년들을 수차례 보아왔다.

그래서 청소년들에게 범죄라는 나무의 열매가 얼마나 쓰고 고통스러운지를 구체적 사례를 통해 조목조목 알려줄 필요성을 절실히 느껴왔다.

『싸가지 없는 저항』은 필자의 오랜 수사경험을 바탕으로 청소년들의 법에 대한 소양과 비행방지를 위해 다양한 실례를 실었다. 그리고 교육현장에서 지도하시는 분들을 위해 법조문까지 표기하였다.

미약하나마 최선을 다하고 정성을 다하였기에, 청소년들이 건강한 사회인으로 성장하는 데 필히 도움이 될 것이라 생각한다.

아무쪼록 본서가 각 가정과 학교에서 널리 읽혀 우리 자녀들이 범죄로부터 자유로울 수 있다면 더 큰 기쁨이 없겠다. 마지막으로 본서의 출간을 위하여 도와주신 박윤찬 님, 설진관 님 그리고 우리 동료들께 깊이 감사드린다.

저자 강병언

C·O·N·T·E·N·T·S

제1장 이렇게 하면 범죄가 돼요!

제2장 경범죄처벌법(기초질서)

제3장 즐거운 학교생활을 위하여

제4장 사이버 유혹

1

이렇게 하면 범죄가 돼요!

1. 해킹은 범죄행위야!

짱구는 인터넷 채팅을 하면서 호동이를 우연히 알게 되었다. 짱구는 호동이에게 해킹프로그램을 전송하여 호동이의 유명 게임사이트 게임 아이디(ID)와 비밀번호를 알아냈다. 그리고 그것을 이용하여 게임사이트에 몰래 접속한 후 그간 호동이가 확보해놓은 게임아이템 방패, 신검, 보석 등을 짱구 자신의 게임 계정으로 옮겼다.

❖ 해설

짱구의 행위는 정보통신망이용촉진및정보보호등에관한법률위반죄(정보통신망 침해)에 해당됩니다.

짱구는 해킹프로그램으로 진짜 해킹이 되는지 안 되는지 호기심으로 호동이를 상대로 실험해본 것이라고 하더라도, 자칫 우리나라 정보통신망에 혼란을 줄 수 있는 아주 위험한 범죄행위가 된답니다.

인터넷에 떠도는 출처가 불분명한 프로그램이나 해킹프로그램을 호기심에 사용해보는 경우, 오히려 자신의 컴퓨터를 망가뜨릴 뿐 아니라 다른 사람에게도 피해를 줄 수 있으며, 호기심 때문에 자신도 모르게 범죄를 저지르는 결과를 낳을 수도 있습니다.

| 조문 |

정보통신망이용촉진및정보보호등에관한법률(제72조 제1항, 제48조 제1항) : 3년 이하의 징역 또는 3천만원 이하의 벌금.

2. 남의 아이디(ID)로 접속만 했다구요!

놀부는 아무도 모르게 학교 주변에 있는 A피씨방의 컴퓨터에 해킹프로그램을 설치해두었고, 마침 이 컴퓨터를 심청이가 사용하였다. 놀부는 해킹프로그램으로 심청이의 게임 아이디와 비밀번호를 알게 되었고, 심청이 몰래 심청이의 게임 아이디로 게임사이트에 접속하여 게임을 하였다.

❋ 해설

놀부의 행위는 정보통신망이용촉진및정보보호등에관한법률위반죄(정보통신망 침해)에 해당됩니다.

단순히 다른 사람의 인터넷 정보로 접속만 하여도 범죄가 성립한다는 것을 꼭 알아야 합니다. 그에 앞서 각자가 자신의 아이디(ID)와 비밀번호가 외부로 알려지지 않도록 주의하는 것이 더욱 중요합니다. 사이버 공간에서의 아이디(ID)는 '제2의 나'라는 생각으로 항상 주의하세요.

| 조문 |

정보통신망이용촉진및정보보호등에관한법률(제72조 제1항, 제48조 제1항) : 3년 이하의 징역 또는 3천만원 이하의 벌금.

3. 게임아이템 사기

놀부는 인터넷 게임사이트에서 만난 짱구에게 게임아이템을 판매할 생각이 없음에도, 게임아이템을 싸게 판다고 속여서 그 대가로 2만원을 먼저 받고 게임아이템을 주지 않았다.

놀부의 행위는 사기죄에 해당됩니다.

놀부는 게임아이템을 판매할 의사가 없었습니다. 그러므로 타인을 속여서 금전이나 재물을 받거나 재산상 이익을 취한 것은 사기죄가 성립합니다.

최근 청소년들이 게임의 순수성을 잃고 그 게임아이템을 사고파는 등 현금화하는 사례가 많은데, 대부분 게임사에서는 아이템 거래를 금하고 있으며, 게임아이템을 현금 거래한 경우 계정 사용정지를 시키는 경우도 있습니다. 또한 아이템의 현금거래를 하면서 발생한 거래는 게임사의 약관위반이기에 게임사로부터 그 어떠한 보상도 받지 못합니다.

놀이문화로 정착한 인터넷 게임은 단순히 게임으로 여겨야 할 것으로, 아이템을 매매하여 현금화한다는 등의 생각은 버려야 할 것입니다. 검증되지 않은 인터넷 게시판에서 물품이나 게임아이템을 거래하면 자칫 범죄의 희생양이 될 수 있으니 각별히 주의하여야 합니다.

| 조문 |

사기죄(형법 제347조 제1항) : 10년 이하의 징역 또는 2천만원 이하의 벌금.

4. 마빡이는 사춘기!

> 마빡이는 인터넷을 검색하다가 우연히 외국배우의 누드사진을 발견하여 그 사진을 자신의 컴퓨터에 내려 받은 후, 자신이 가입되어 있는 인터넷 유명사이트의 자유게시판에 위 누드사진을 게시(업로드)하여 그 사이트를 방문하는 회원들 누구나 볼 수 있도록 했다.

❈ 해설

마빡이의 행위는 정보통신망이용촉진및정보보호등에관한법률위반죄(음란물 유포)에 해당이 됩니다.

청소년들이 성적호기심으로 누드사진, 음란물 등을 훔쳐보고 마치 큰 보물이라도 찾은 것처럼 인터넷에 게시하여 친구들과 여러 사람들이 볼 수 있도록 하는 경우가 많습니다.

실제로 재미삼아 무심코 한 행위로 인해 경찰서에 불려와 조사 받는 청소년들을 조사해보면 대다수가 좋지 않은 짓인줄은 알지만 죄가 될줄은 몰랐다고 변명하는데, 그렇다고 법적책임을 면할 수는 없습니다. 그리고 그 사진의 주인공 연예인이 받아야 할 마음의 상처는 너무나 크다는 것을 잘 알아야 합니다.

| 조문 |

정보통신망이용촉진및정보보호등에관한법률(음란물 유
포) (제74조 제1항 제2호) : 1년 이하의 징역 또는 1천만원 이
하의 벌금.

5. 감히 나를 무시해?

콘서트에 간 마빡이는 인기 여가수인 나공주에게 사인
을 요청하였는데, 나공주가 바쁘다며 마빡이에게 사인을
해주지 않았다. 마빡이는 기분이 나빠져서 나공주에게 복
수하려고, 인터넷에서 찾은 누드사진에 나공주의 얼굴을
합성하여 마치 나공주의 누드사진인 것처럼 인터넷에 게
시하였다.

❦ 해설

마빡이의 행위는 정보통신망이용촉진및정보보호등에관한법률
위반죄(명예훼손)가 성립될 수 있습니다.

인기가수 나공주는 팬들로부터 사랑을 받으며 활동을
하는데 그 팬들이나 일반인들이 나공주가 마치 누드사진

을 찍은 것으로 생각하여 나공주에 대한 명예가 훼손될 수 있고, 음란물을 인터넷에 게시하는 그 행위 자체로도 충분히 범법행위가 될 수 있음을 인식하여야 할 것입니다.

유명 연예인들에 대한 인터넷 뉴스기사에 악성 댓글을 게시하는 경우가 많습니다. 연예인뿐만 아니라 타인에 대하여 사실이 아닌 소문이나 혹은 사실이더라도 타인의 명예가 훼손되는 내용을 인터넷에 게시하는 행위는 법에 저촉됩니다.

청소년들의 인터넷 실력은 세계 최고입니다. 반면, 인터넷예절(일명 네티켓)은 세계 최고가 아닌 것 같습니다. 글은 마음의 창이고 개인의 인격입니다.

얼굴이 보이지 않는다고 하여 '내가 누구인지 모를 것이다' 라는 생각에 다른 사람을 비난하거나 욕설을 서슴없이 하는 경우, 그 피해 당사자의 입장에서 생각하여 조심스럽게 글을 써야 하겠습니다.

| 조문 |

정보통신망이용촉진및정보보호등에관한법률(명예훼손)(제70조 제2항) : 7년 이하의 징역, 10년 이하의 자격정지 또는 5천만원 이하의 벌금.

| **관련사례** | 인터넷 게시판에 악성 댓글을 게시하는 경우.

6. 내 것은 내 것, 네 것도 내 것?

박놀부는 후배인 김순진이 가지고 있는 신형 휴대전화가 갖고 싶었다. 어느 날 골목으로 김순진을 불러내어 "휴대폰 좀 빌려줘! 빌려주지 않으면 재미없어!"라며 때릴 것처럼 겁을 주어 김순진으로부터 핸드폰을 받아간 후 김순진의 핸드폰을 마음대로 사용했다.

✽ 해설

공갈죄가 성립합니다.

상대에게 겁을 주어 재물을 받아가거나 이익을 취하는 경우는 공갈죄가 됩니다. 그리고 놀부는 아무리 빌려간다고 말하였다 하여도 김순진은 박놀부의 위협에 겁을 먹고 건네준 것으로써 이것은 범죄행위가 됩니다.

학교 폭력에서 가장 많은 유형이 '협박' 과 '공갈' 입니다. 다른 사람이 아닌 함께 공부하는 친구로부터 당하는 '협박' 과 '공갈' 의 경우, 피해 학생에게는 씻을 수 없는 마음의 상처가 됩니다.

| 조문 |

공갈죄(형법 제350조) : 10년 이하의 징역 또는 2천만원 이하의 벌금.

7. 놀부는 격투기 선수!

> 놀부는 나얌전과 같은 반 친구이다. 나얌전은 평소 말없이 공부만 하고 언제나 선생님의 귀여움을 독차지하고 있었다. 김놀부는 나얌전에게 앙심을 품고 방과 후 화장실 뒤 공터에서 나얌전에게 주먹으로 얼굴을 때려 나얌전의 얼굴에 상처를 내었다.

❋ 해설

상해죄에 해당됩니다.

이 경우 상처가 나지 않았다 하더라도 폭행죄가 성립됩니다.

폭력영화를 보면서 즐거워한 적이 있나요? 조직폭력배가 멋져보였나요? 영화이기에 그런 생각을 할 수도 있습니다. 그러나 현실은 즐거운 일이 될 수 없고, 사회에서 정당한 대접을 받을 수 없게 됩니다. 주변의 친구들에게 폭력을 행사하는 것이 습관이 될 경우 어느새 손가락질 받는 폭력배로 성장하는 것을 많이 보아왔습니다.

우리의 생각, 말 그리고 행동이 점차 습관화되면 마침내 인격이 되고 운명이 된다는 사실을 명심해야 하며, 어떠한 경우에도 폭력은 정당화 될 수 없습니다.

| 조문 |

상해죄(형법 제257조 제1항) : 7년 이하의 징역, 10년 이하의 자격정지 또는 1천만원 이하의 벌금.

8. 우리는 친구?

놀부, 돌쇠, 마당쇠는 A고교에 다니는 '놀부파' 서클 멤버로서, 같은 학교 철수가 자신들의 '놀부파' 에 가입하지 않는다는 사실에 화가 나서 철수를 혼내주기로 결의하고, 방과 후 철수를 뒷산으로 불러내어 집단으로 때려 철수의 온몸에 상처를 내었다.

✤ 해설
폭력행위등처벌에관한법률위반에 해당됩니다.

1인이 아닌 2인 이상이 함께 범죄를 범한 경우에 해당하므로 놀부, 돌쇠, 마당쇠 모두 공동책임을 지면서 처벌이 무거워집니다.

현장에 있었던 일부는 자신은 직접 때리지 않았다고 변명하는 경우가 있습니다. 그러나 직접 때리지 않았다 하더라도 공범이 성립될 수 있으니, 폭행행위에 간접적으로라도 관여하지 않도록 해야 합니다. 이러한 집단폭행 현장에서는 큰 불상사가 많이 발생하므로 그 현장을 목격하게 되면 신속하게 경찰관서, 선생님 등 주변에 알려 큰 불상사를 방지하여야 합니다.

| 조문 |

폭력행위등처벌에관한법률(제2조 제2항) : 상해죄(7년 이하의 징역, 10년 이하의 자격정지 또는 1천만원 이하의 벌금)의 1/2 가중한다.

9. 직접 때리지는 않았는데요?

돌쇠는 평소 좋아하는 A여고에 다니는 엄지가 자신을 만나주지 않자, 엄지가 다니는 학원 화장실에서 엄지와 사귈 것을 제의하였더니 엄지가 수능 준비를 해야 하므로 남자친구를 사귈 수 없다면서 거절했다. 그러자 돌쇠는 엄지가 자신을 무시한다는 생각에 엄지의 얼굴에 담배연기를 계속하여 뿜어서 고통스럽게 하였다.

❋ 해설

폭행죄에 해당됩니다.

비록 때리는 등의 폭행을 하지 않았다 하더라도 담배연기를 상대의 얼굴에 내뿜는 행위는 (상대에 대한 유형력의 행사로서) 폭행죄로 보는 것이 대법원 판례입니다.

| 조문 |

폭행죄(형법 제260조) : 2년 이하의 징역, 500만원 이하의 벌금, 구류 또는 과료.

10. 얼짱 타이틀 매치!

이몽룡은 A고교 얼짱이고, 변학도는 B고교 얼짱이다. 이들은 각자의 학교에서 가장 인기 있는 선망의 대상자인 동시에 서로 라이벌 관계였다. 그러던 어느 날 C도서관 휴게실에서 우연히 마주치게 되었다. 이몽룡이 먼저 변학도에게 시비를 걸고 변학도도 이에 맞서 시비를 하여 결국 서로 주먹질을 하면서 싸움하게 되었다.

❋ 해설

이몽룡과 변학도 모두 폭행죄가 성립합니다.

흔히들 학교에서 볼 수 있는 유형으로서, 어느 일방의 공격이 아닌 상호 주먹다짐을 한 경우 정당방위가 되지 않고 폭행죄의 책임을 지게 됩니다.

어떠한 경우에도 폭행은 용납될 수 없습니다. 친구들에게 행한 폭행은 서로에게 마음 속 깊이 큰 상처가 될 수 있습니다. 서로를 존중하고 이해하는 마음가짐이 필요합니다.

또한 청소년들간 만연한 '짱' 이라는 영웅적 환상은 자칫 자만심으로 또는 허영으로 치닫는 결과로 이어질 수 있으므로, 보다 겸손한 자세의 견지가 필요합니다.

| 조문 |

폭행죄(형법 제260조) : 2년 이하의 징역, 500만원 이하의 벌금, 구류 또는 과료.

11. 빗나간 질투심!

이몽룡과 성춘향은 오랫동안 사귄 둘도 없는 친구간이다. 그러던 어느 날 이몽룡은 성춘향이 같은 학교 동아리 선배인 변학도와 다정히 이야기 나누는 것을 보게 되었다. 화가 난 이몽룡은 성춘향을 불러내어 주먹과 발로 성춘향의 전신을 때렸다.

❀ 해설

이몽룡의 행위는 폭행죄에 해당합니다.

아무리 친한 친구간일지라도 상대에 대한 예의를 갖추어야 합니다. 어떠한 경우에도 폭행죄는 용납되지 않습니다.

|조문|

폭행죄(형법 제260조) : 2년 이하의 징역, 500만원 이하의 벌금, 구류 또는 과료.

12. 나의 애완견이 다른 사람에게도 애완견 일까요?

임꺽정은 자신의 애완견을 무척 좋아한다. 어느 날 평상시와 마찬가지로 애완견의 목에 목줄을 연결하지 않은 채 공원을 거닐던 중 다섯 살가량의 꼬마가 공원에서 공놀이하는 것을 애완견과 함께 구경하게 되었다. 한참을 재미있게 지켜보던 애완견은 갑자기 꼬마의 손에 잡힌 공을 빼앗으려 꼬마의 손을 물어 상처를 내고 말았다.

❋ 해설

임꺽정은 과실치상죄의 책임을 지게 됩니다.

아무리 귀여운 애완견이라도 애완견의 주인은 그 애완견이 주변 사람들에게 상처를 입히는 등 불의의 피해가 가지 않도록 목줄을 채우는 등 적절한 조치를 취해야 합니다. 그렇지 않은 경우 주인은 민·형사상 책임을 면하지 못하게 됩니다.

| 조문 |

과실치상죄(형법 제266조) : 500만원 이하의 벌금, 구류 또는 과료.

13. 오토바이 운전도 면허증이 있어야 하나요?

A고교에 다니는 철수는 원동기장치운전면허증도 없이, 삼촌의 49cc 오토바이를 타고 동네 한 바퀴를 돌다가 순찰 중이던 경찰관에게 적발되었다.

❧ 해설

무면허 운전으로 도로교통법위반의 책임을 지게 됩니다.

비록 49cc 오토바이일지라도 원동기장치자전거 운전면허를 취득하기 전에는 운전을 해서는 안 됩니다. 이처럼 운전면허를 취득하기 전에는 아무리 동네 한 바퀴를 돈 경우라도 범죄가 성립합니다.

최근 청소년들이 운전면허가 없는 가운데, 안전모 착용도 하지 않은 채 친구들을 자신의 오토바이에 태우고 곡예운전을 하다가 사고를 내는 경우가 많습니다. 설마, 괜찮겠지 하는 순간의 철없는 행동이 장래에 돌이킬 수 없는 결과로 이어질 수 있음을 인식하여야 합니다.

| 조문 |

도로교통법 (제154조 제2호, 동법 제43조) : 30만원 이하의 벌금이나 구류.

14. 아버지의 승용차라도 면허증 없이 운전하면 안 돼요!

수능을 본 갑돌은 아버지로부터 받은 용돈을 모아 자동차면허학원에 등록하여 다니던 중(아직 운전면허증 취득하지 않음) 어느 정도 자동차 운전에 자신감이 생겼다. 그러던 어느 날 아버지가 집 앞에 세워둔 승용차를 몰고 싶은 충동에 잠시 시동을 걸어 집 앞을 한 바퀴 돌았다.

❋ 해설

무면허 운전으로 도로교통법위반의 책임을 지게 됩니다.

자동차 운전면허를 취득하기 전에 운전을 한 경우 도로교통법위반으로서 형사입건의 대상이 됩니다. 반드시 운전면허증을 취득한 후 차량 운전을 해야 합니다. 우리 가족이 무면허 의사로부터 수술을 받는다고 가정해봅시다. 그 얼마나 황당하겠습니까.

| 조문 |

도로교통법 (제152조 제1호, 제43조) : 1년 이하의 징역이나 300만원 이하의 벌금.

15. 제발 밖으로 보내줘!

철수는 같은 반 친구인 영희가 수능모의고사 시험에서 답안지를 보여주지 않은 것에 앙심을 품고, 영희를 혼내줄 생각으로 영희를 학교 주변 빈 집으로 유인한 후, 그 밖으로 나오지 못하게 문을 잠가버렸다. 겁이 난 영희가 "제발 밖으로 보내줘"라며 애원함에도 모른 체하고 열어주지 않았다.

❀ 해설

철수의 행위는 감금죄에 해당됩니다.

누구든지 불법으로 사람을 감금하여 신체의 자유를 침해한 경우 감금죄의 책임을 면하지 못합니다.

| 조문 |

감금죄(형법 제276조 제1항) : 5년 이하의 징역 또는 700만 원 이하의 벌금.

| 관련사례 | 나무꾼이 목욕하는 선녀의 옷을 숨겨 선녀가 연못에서 나오지 못하게 한 경우.

16. 1,000원만 주면 집에 보내주지!

영심이는 빈 교실에서 혼자 늦은 시간까지 공부를 하다가, 시간이 자정에 이르러 영심이를 기다리는 부모님 생각이 나서 교실문을 나서려는 순간, 같은 학교 짱인 껄떡이가 영심이가 있는 교실문 앞을 막아서서 "1,000원만 주면 집에 보내주지, 만약 주지 않으면 집에 못 가게 가둬버리겠다"며 위협했다.

✿ 해설

껄떡이의 행위는 공갈죄와 감금죄가 성립합니다.

공갈죄는 남을 폭행하거나 협박하면서 재물을 요구하는 경우 성립하는 범죄이고, 감금죄는 사람을 감금함으로써 성립하는 범죄로서, 감금은 일정한 장소 밖으로 나가지 못하게 하는 경우입니다.

위 사례와 같이 껄떡이가 영심으로 하여금 교실 밖에 나가지 못하게 한 행위는 감금이 되고, "1,000원만 주면 집에 보내주지, 주지 않으면 집에 못 가게 가둬버리겠다"며 영심에게 위협한 것은 공갈이 되는 것입니다.

공갈죄(형법 제350조) : 10년 이하의 징역 또는 2천만원 이하의 벌금.

감금죄(형법 제276조) : 5년 이하의 징역 또는 700만원 이하의 벌금.

| 관련사례 | 길 가는 중학생인 영구를 어느 빈집으로 유인하여 "지갑에 있는 돈을 주지 않으면 집에 보내주지 않겠다"면서 협박한 경우 공갈죄와 감금죄가 성립합니다.

17. 왕따시켜 버린다!

팥쥐는 평소 콩쥐가 자신보다 얼굴이 예쁘고 귀여운 것에 열등감을 가지고 있던 중, 어떻게든 콩쥐를 괴롭히려고 심부름을 시키려 하였더니 그 심부름을 거부하자 "만일 내 심부름을 하지 않으면 동네 친구들에게 너랑 놀지 않도록 해서 왕따시켜 버린다!(따돌리도록 하겠다)"고 겁을 주었다.

❧ 해설

팥쥐의 행위는 협박죄가 성립됩니다.

상대방에게 해가 되는 나쁜 일을 할 것인 양 공포심을 느끼게 한다면 협박죄가 성립합니다.

청소년들 간 흔히 볼 수 있는 일명 '왕따' 행위는 해서는 안 되는 행위입니다. 위와 같이 '왕따시켜 버린다' 면서 겁을 주는 행위는 협박죄가 성립합니다.

| 조문 |

협박죄(형법 제283조 제1항): 3년 이하의 징역 또는 500만 원 이하의 벌금 또는 구류나 과료.

※왕따 : '왕따' 는 집단 괴롭힘(집단 따돌림)을 뜻하는 말입니다. 1997년 이전에는 일본에서 '이지메' 라면서 사회적 문제가 되었던 현상입니다. 이는 어느 특정 학생을 상대로 의도적이며 집단적으로 괴롭히고 따돌리는 행동을 의미하는데, 주로 어린 학생들 사이에서 많이 일어나고 있습니다.

피해 당사자는 심리적으로 괴로움 내지는 육체적으로도 큰 피해를 입는 경우가 많아 심약한 사람의 경우에는 왕따가 자살의 원인이 되기도 하는 등 최근에는 아주 심각한 사회문제가 되고 있습니다.

2005년 고등법원에서는 한 초등학생이 교내 집단따돌림에 의해 자살한 사건에 대해 부모가 경기도교육청과 가해학생 부모를 상대로 한 손해배상 청구소송에서 배상 판결한 사례가 있습니다.

18. 네가 지난 여름날 한 짓을 나는 알고 있다

용준은 여자친구 순희와 고교 진학과 동시 사귀기 시작하여 고교 3학년이 됐다. 순희가 용준에게 "이제는 대학 진학을 위하여 공부도 해야 하니 당분간 헤어지자"며 헤어질 것을 요구했다. 그러자 용준은 "나랑 계속 사귀지 않으면, 매일 방과 후 학교 앞에서 기다렸다가 사람들 앞에서 네가 지난 여름날 한 짓을 사람들에게 알려서 망신을 주겠다"며 위협하였다.

❋ 해설

용준의 행위는 협박죄에 해당합니다.

누구든지 타인에게 해악을 고지하는 등 겁을 주게 되면 협박죄가 성립합니다. 학교에서 힘이 센 친구들이 얌전한 친구들에게 욕설을 하면서 위협을 가하는 경우가 많습니다. 어떠한 경우에도 타인에게 위협을 가하는 등 협박을 해서는 안 됩니다.

│ 조문 │

협박죄(형법 제283조) : 3년 이하의 징역, 500만원 이하의 벌금, 구류 또는 과료.

| **관련사례** | 수능 시험장에서 앞자리에 앉은 수험생에게 "답안지를 보여주지 않으면 재미없다"면서 위협한 경우.

19. 짱구 만화 보여줄게!

대학생 철수는 놀이터에 놀고 있는 유치원생 나공주가 너무 귀여워 짱구 만화를 보여주겠다고 거짓말하여 자신의 자취집으로 유인한 후 자취방에 데려가 오랜 시간 가둬두었다.

🎖️ 해설

미성년자 약취·유인죄와 감금죄가 성립합니다.

미성년자인 나공주에게 협박을 하거나 위 사례와 같이 '짱구만화를 보여주겠다'는 등 감언이설로 유혹하고 속여서 철수 자신이 마음대로 할 수 있는 공간으로 유인한 경우 미성년자 약취·유인죄가 성립합니다. 그리고 일정한 공간에서 벗어나지 못하게 한 행위는 감금죄가 성립합니다.

미성년자약취·유인죄 (형법 제287조) : 10년 이하의 징역.

감금죄(형법 제276조) : 5년 이하의 징역 또는 700만원 이하의 벌금.

20. 그냥은 안 돼!

나악당은 방학 중 친구들과 여행비를 마련할 생각으로 학원을 마치고 귀가하는 A학원 여학생을 자신의 자취방으로 끌고 가 여학생의 부모에게 전화하여 "그냥은 안 돼! 통장으로 돈 100만원을 보내주면 딸을 풀어주겠다"고 하였다.

❖ 해설

나악당의 행위는 인질강도죄가 성립하여 무거운 처벌을 받습니다.

인질강도죄는 석방의 대가로 그 가족 등으로부터 금전을 취득할 목적으로 약취·유인하여 석방 대가로 재물을 요구한 경우 성립하는 악질적인 범죄입니다.

인질강도(형법 제336조) : 3년 이상의 유기징역.

인질이 미성년자인 경우는 특정범죄가중처벌법상 미성년자약취·유인죄(제5조의 2 제2항 제1호: 무기 또는 5년 이상의 징역)에 해당합니다.

간음(성관계)을 목적으로 미성년자를 약취·유인하였다면 간음목적약취·유인죄(형법 제288조)보다 더욱 엄격한 특정범죄가중처벌법상 미성년자약취·유인죄(제5조의 2 제2항 제1호)가 우선 성립합니다.

21. 사람을 파는 사람?

A고교 재학 중인 나악당은 친구들과 함께 청소년인 B여고 김이쁜을 납치하여 유흥주점에 300만원을 받아 넘기려고 모의했다. 나악당은 하교중인 김이쁜을 유인한 후 C가요주점 업주인 박업주에게 인도하고 300만원을 받았다.

나악당의 행위는 부녀매매죄에 해당합니다.

부녀매매죄는 추업(성적 서비스업)에 사용할 목적으로 부녀를 매매한 경우 성립하는 범죄입니다.

만일 청소년이용음란물 제작자에게 돈을 받고 인도한 경우는 청소년의성보호에관한법률위반죄(무기 또는 5년 이상의 징역)에 해당합니다.

사람을 매매하는 것을 일명 인신매매라고 합니다. 돈 몇 푼 때문에 사람을 팔다니, 이렇게 인생을 함부로 산다면 그 미래는 뻔한 곳에서 뒤죽박죽 살다가 마치겠지요. 마치 쓸모없는 물건처럼…

| 조문 |

부녀매매죄(형법 제288조) : 1년 이상의 유기징역.

22. 나, 영화감독이야 ㅋㅋㅋ!

김감독은 방과 후 집으로 돌아가는 나순진(19세)에게 다가가서 자신을 영화감독이라고 속여 자신의 사무실로 유인한 후, 갑자기 사무실 문을 잠갔다. 나순진이 그곳을 벗어나려 하자 김감독은 사무실 입구에 지켜 앉아 나순진이 나오지 못하게 했다.

✤ **해설**

김감독의 행위는 간음목적유인죄와 감금죄가 성립합니다.

흔히 청소년들이 이런 사례의 피해자가 되는 경우가 많습니다. 알지 못하는 사람으로부터 가수, 배우, 모델 등을 시켜주겠다는 유혹이 있는 경우 반드시 그 상대방의 신분이 확인되지 않았다면 따라가서는 안 됩니다. 뜻하지 않는 상황에 처할 경우 반드시 주변의 도움을 받으시기 바랍니다.

| 조문 |

간음목적유인죄 (형법 제288조) : 1년 이상의 유기징역.

감금죄(형법 제276조) : 5년 이하의 징역 또는 700만원 이하의 벌금.

23. 데이트 강간

김범인은 여자친구인 나순진과 데이트를 하다가 뒷산으로 유인, 나순진을 폭행하여 저항할 수 없는 위협을 하면서 때려 겁을 먹고 있는 나순진과 강제로 성교하였다.

❁ 해설

김범인의 행위는 강간죄가 성립합니다.

강간죄는 누구든지 부녀자의 동의 없이 강제로 성교를 한 경우가 해당합니다. 사춘기 기간에 흔히 가질 수 있는 성적호기심으로 인하여 일어나는 경우가 많아 올바른 성의식이 필요하답니다.

| 조문 |

강간죄(형법 제297조) : 3년 이상의 유기징역.

※ 강간은 낯선 자에 의한 것보다는 친근한 사람 즉, 이성친구나 애인에 의하여 데이트 중 저질러지는 경우가 많습니다. 특히 10대 후반과 20대 초반의 남자들이 성적 충동이 강하기 때문에 주로 25세 이하의 남성들에 의하여 충동적으로 자행되는 경우가 많습니다.

예를 들면, 밤늦은 시간 한적한 곳에 남녀가 함께 있게 되는 상황일

때 남성은 여성이 거부한다 해도 단지 한 번 의례적으로 거부하는 것으로 여겨 더욱 충동적, 공격적으로 돌변하기도 합니다. 이러한 경우 과감하게 저항하거나 거부의사를 명확히 할 필요가 있습니다.

때로는 남성이 여성에게 의도적으로 술을 마시게 하여 여성의 저항의식이 없는 틈을 이용하여 성폭행을 저지르는 경우도 많으므로 특히 음주는 조심하여야 합니다.

24. 야 너, 참 이쁘구나!

나범인은 독서실에서 혼자 공부하는 순희에게 다가가서 "야 너, 참 이쁘구나" 하면서 접근했다. 순희가 겁을 먹고 도망려 하자 "반항하면 때리겠다"고 위협한 후, 이에 겁 먹은 순희의 가슴을 강제로 만졌다.

❀ 해설

강제추행죄에 해당합니다.

상대방이 원치 않는 이상 결코 상대방의 신체를 함부로 만져서는 안 됩니다. 청바지를 입은 여성의 허벅지를 만졌더라도 성적 수치심을 줬다면 강제추행죄가 되고, (최근판례) 비록 상대가 승낙하였다 하더라도 그 승낙이 겁을 주거나 폭력을 행사하여 이루어진 경우에는 범죄가 됨을 꼭 기억하시기 바랍니다.

| 조문 |

강제추행죄(형법 제298조) : 10년 이하의 징역 또는 1,500만원 이하의 벌금.

25. 너의 가슴은 ○○하고, 엉덩이도 ○○하다!

나심심이는 여자친구 영심이에게 성적수치심을 일으킬 수 있는 내용의 '영심이 너의 가슴은 ○○하고, 엉덩이도 ○○하다' 는 문자메시지를 발송하였다.

❈ 해설

나심심이의 행위는 성폭력범죄의처벌및피해자보호등에관한법률위반(통신매체이용음란죄(제14조))에 해당합니다.

누구든지 성적 욕망을 유발하거나 만족시킬 목적으로 전화, 우편, 컴퓨터 등 통신매체를 이용하여 성적 수치심이나 혐오감을 일으키는 말이나 음향, 글, 도화, 영상, 물건을 상대방에게 도달케 하는 경우는 범죄행위가 된답니다.

'성폭력'이라 함은 좁은 의미로 음란한 내용의 문자메시지를 발송하는 것부터 크게는 강간, 강제추행에 이르기까지 다양합니다. 장난으로 놀이삼아 쉽게 행한 행위가 범죄행위로 이어질 수 있음을 명심해야 합니다.

| 조문 |

성폭력 범죄의 처벌 및 피해자 보호 등에 관한 법률[통신매체이용음란죄(제14조)] : 2년 이하의 징역 또는 500만원 이하의 벌금.

26. 치마 속 촬영은 무슨 죄?

나음란은 어머니를 졸라서 카메라가 장착된 휴대전화기 한 대를 구입하게 되었다. 어느 날 오후, 버스를 타고 공원으로 가던 중, 버스 뒤쪽에서 교복을 입고 서있는 영심이를 발견했다. 나음란은 영심이에게 다가가서 영심이의 치마 속을 휴대전화기의 카메라를 이용해 몰래 촬영했다.

❖ 해설

나음란의 행위는 성폭력범죄의처벌및피해자보호등에관한법률
위반죄[카메라이용촬영죄(제14조의 2)]가 성립합니다.

지하철이나 버스칸 등 카메라(휴대전화기 카메라 등)를 이
용하여 다른 사람의 신체를 몰래 촬영하는 경우가 많습니
다. 이는 명백한 범죄행위입니다. 자칫 호기심으로 촬영할
수도 있지만, 이는 결코 허용될 수 없는 행위입니다.

| 조문 |

성폭력범죄의처벌및피해자보호등에관한법률[카메라이용
촬영죄(제14조의 2)] : 5년 이하의 징역 또는 1천만원 이하의
벌금.

27. 심청이 판 돈으로 주식투자 했다!

효녀 심청이는 아버지의 눈을 뜨게 하려면 돈 3,000만
원이 필요하다는 것을 알게 되어 중국상인으로부터 3,000
만원을 받고 중국상인을 따라 길을 나서게 되었다. 심봉사
는 그런 심청이가 집으로 돌아오지 못할 것이라는 것을 알

42 싸가지 없는 저항

지도 못한 채 매일같이 바닷가에 나가서 심청이를 기다리고 있었다. 이웃의 뺑덕어멈은 심청이가 아버지를 위하여 중국상인에게 팔려간 사실을 잘 알면서도, 동네사람들에게 "심청이의 아버지 심봉사는 자신의 눈을 뜨게 할 욕심으로 자신의 딸 심청이를 3,000만원에 팔아먹고, 그 돈으로 주식에 투자를 하였다"며 허위사실을 널리 퍼뜨렸다.

❋ 해설

허위사실을 유포한 뺑덕어멈의 행위는 명예훼손죄가 성립합니다.

누구든지 허위의 사실을 널리 퍼뜨려 타인의 명예를 훼손시킬 경우 범죄행위가 된다는 사실을 기억하셔야 합니다.

단, 그것이 진실한 사실로서 공공의 이익을 목적으로 이루어진 경우는 처벌을 받지 않을 수도 있습니다. 그러나 비록 진실한 사실일지라도 공공의 이익을 위한 목적이 없을 경우에는 처벌이 될 수 있음을 명심하시기 바랍니다.

| 조문 |

명예훼손죄(제307조 제2항): 5년 이하의 징역 또는 10년 이하의 자격정지 또는 1천만원 이하의 벌금.

| 관련사례 | 김악녀가 친구 나공주가 지난 방학기간 때 낙태수술을 했다는 확인되지 않은 허위사실을 유포한 경우.

28. 야이 ××년아! 얼굴이 그게 뭐냐!

A여고 재학 중인 김악녀는 같은 반 친구 나순진이 친구들로부터 인기가 높은 것에 질투심이 생겨 많은 친구들이 모여 있는 버스정류장에서 나순진에게 "야이 ××년아! 얼굴이 그게 뭐냐, 그 얼굴에 어떻게 학교에 다니냐? 성형수술이나 하고 다니시지!" 등의 욕설을 했다. 나순진은 부끄러워 그 자리에서 울음을 터뜨리고 말았다.

❧ 해설

김악녀의 행위는 모욕죄에 해당됩니다.

명예훼손죄와 달리 모욕죄는 구체적 사실을 지적하여 제시함이 없이 여러 사람들 앞에서 특정인에 대하여 모욕적인 말(나쁜놈, 개자식, 죽일놈, 망할년, 알아들을 수 없는 외국어로 욕을 하는 경우 등)을 하는 경우에 성립하는 범죄입니다. 말은 돌고 도는 것. 좋게 한 말은 더 좋게 다듬어져서 되돌아오고 남을 아프게 한 말은 그 몇 배나 더 아프게 하는 말로 돌아옵니다.

이처럼 타인의 약점을 사람들 앞에서 놀리는 행위도 범죄행위가 된다는 사실을 인식해야 합니다.

모욕죄(형법 제311조) : 1년 이하의 징역·금고 또는 200만 원 이하의 벌금.

29. 대리시험

> 흥부는 친구인 놀부의 부탁을 받고 사립대학 입시전형 시험에 놀부 대신 응시하여 그 결과 놀부가 사립대학교 입학시험에 합격하였다.

✤ 해설

흥부의 행위는 업무방해죄가 성립합니다.

흥부가 마치 자신이 놀부인 양 사립대학교 입학시험에 응시한 것은 입학시험을 담당하는 사립학교의 업무를 방해한 것으로서 업무방해죄가 성립하고, 대리시험을 치르도록 부탁한 놀부 역시 처벌되는 것은 당연하겠지요.

| 조문 |

업무방해죄(형법 제314조) : 5년 이하의 징역 또는 1500만

원 이하의 벌금.

|관련사례| 국공립학교의 시험에 대리 응시하였다면 위계공무집행방해죄(형법 제137조 : 5년이하의 징역 또는 1천만원 이하의 벌금)가 성립될 수 있습니다.

30. 택배와 편지 내용이 궁금해서

이몽룡과 춘향이는 꽃피는 춘삼월에 결혼식 하기로 새끼손가락을 걸어 맹세하고, 이몽룡은 그사이 서울로 사법시험을 보러 올라갔다. 그사이 변학도는 춘향이의 집에 찾아가 함께 노래방에 가자고 유혹했지만 춘향이는 매번 변학도의 요청을 거절했다. 그날도 변학도는 실망하여 돌아서는데 마침 춘향이의 집 우편함에 서울 간 이몽룡이 춘향이에게 보내온 택배물과 편지가 있어 이를 몰래 열어보았다.

❀ 해설

변학도의 행위는 비밀침해죄가 성립합니다.

비밀침해죄는 개인의 사생활에 있어서의 비밀을 침해함

으로써 성립하는 범죄로서, 변학도는 춘향이에게 배달된 택배물이나 편지를 마음대로 열어볼 수 있는 권리가 없답니다. 흔히들 이웃이나 친구들에게 배달된 택배물이나 우편물을 대신 수령하는 경우가 많은데 만일 그렇더라도 그 내용물을 열어보아서는 안 되고, 나아가 그 내용물을 꺼내어 가져간다면 절도죄가 성립될 수 있습니다.

| 조문 |

비밀침해죄(형법 제316조) : 3년 이하의 징역·금고 또는 500만원 이하의 벌금.

31. 타인의 미니홈피에 접속해볼까?

변사또는 감옥에 갇힌 춘향이의 미니홈피 아이디(ID)와 비밀번호를 몰래 알아내어 권한 없이 춘향이의 미니홈피에 접속하였다. 마침 춘향이의 약혼자인 이몽룡이 춘향이에게 보낸 이메일을 발견하여 이를 몰래 열어보았다.

❋ 해설
변사또의 행위는 정보통신망이용촉진및정보보호등에관한법률

위반죄(제72조 제1항 제1호, 제48조 제1항)가 **성립합니다.**

타인의 인터넷정보를 이용하여 무단 접속하는 경우 범죄행위가 된다는 사실을 명심해야겠습니다.

| 조문 |

정보통신망이용촉진및정보보호등에관한법률(제72조 제1항 제1호, 제48조 제1항) : 3년이하의 징역 또는 3천만원 이하의 벌금.

32. 남의 집에 들어가 낮잠을?

심봉사는 자신의 딸 심청이가 중국상인에게 팔려간 사이, 매일 같이 바닷가에 가서 딸 심청이가 돌아오기만을 기다리고 있었다. 심봉사가 집을 비운 사이 그 이웃에 사는 뺑덕어멈은 심봉사의 승낙 없이 마음대로 심봉사의 집에 들어가 낮잠을 자고 나왔다.

✳ **해설**

뺑덕어멈의 행위는 주거침입죄가 성립합니다.

주거침입죄는 사람의 주거, 관리하는 건조물, 선박이나 항공기 또는 점유하는 방실에 침입하여 가족성원의 사실상의 평온을 침해하는 것을 내용으로 하는 범죄입니다.

그러므로 심봉사의 승낙 없이 마음대로 집에 들어간 뺑덕어멈의 행위는 주거침입죄에 해당합니다. 아무리 친한 이웃간이나 친구집일지라도 주인의 승낙 없이는 들어가서는 안 된답니다.

| 조문 |

주거침입죄(형법제319조 제1항) : 3년 이하의 징역 또는 500만원 이하의 벌금.

33. 싸가지 없는 저항

M고교 재학중인 만식이는 친구들과 학교 앞 만화방에서 만화를 보면서 담배를 피우고 있었다. 때마침 그곳 가게를 지키고 있던 만화방 주인 할아버지가 만식이와 그 친구들에게 "이곳은 금연구역이란다. 그리고 청소년들이 해로운 담배를 피우면 되느냐"며 나무라는 것에 불만을 품

은 만식이는 다른 손님이 있는 그곳에서 주인 할아버지에게 입에 담기조차 힘든 욕설로 저항했다.

❀ 해설

만식이의 행위는 모욕죄에 해당합니다.

사회의 어른들이 청소년들을 위하는 마음에 훈계하는 것에 대하여 이처럼 욕설을 하면서 반발하여 저항한다면, 이는 건전한 청소년의 의식이라고 볼 수 없겠지요.

옛부터 우리나라를 동방예의지국이라고 했습니다.

사회의 어른을 공경하고, 그 분들의 훈계를 듣게 되면 스스로 반성하는 등 자신을 다듬어 가는 것이 우리 민족의 전통문화가 아닐까요.

| 조문 |

모욕죄(형법 제311조) : 1년이하의 징역이나 금고 또는 200만원 이하의 벌금.

34. 내 숙제는 네 숙제?

A고교 짱인 놀부는 선생님으로부터 '일제시대 일본의 조선에 대한 침탈과정'에 대한 숙제를 부여받았다. 숙제 하기 싫은 놀부는 같은 반 친구인 흥부에게 인상을 쓰면서 "흥부야, 네가 대신 내 숙제 해와라! 말 안 들으면 재미없어!"라며 숙제를 대신 해올 것을 요구했다. 흥부는 놀부의 부탁을 들어주지 않으면 곤란한 상황에 처할 것 같은 두려움에 놀부의 숙제를 대신 해주었다.

✿ 해설

놀부의 행위는 강요죄에 해당합니다.

강요죄는 폭행 또는 협박으로 사람의 권리행사를 방해하거나 의무 없는 일을 하게 함으로써 성립하는 범죄입니다. 학교에서 일명 짱이라는 친구들이 약한 친구들에게 흔히 요구하는 행위로서 위 사례의 숙제 이외에도 많은 요구가 있을 수 있습니다. 누구라도 타인에게 의무 없는 일을 강요해서는 안 됩니다.

| 조문 |

강요죄(형법 제324조) : 5년 이하의 징역.

35. 훔친 예금통장으로 예금인출

나도둑은 같은 반 친구인 영심이가 예금통장을 가지고 온 것을 우연히 알게 되었다. 모두 운동장에 나가 체육활동을 하는 시간을 이용하여 교실에 들어와 영심의 가방을 뒤져 가방 속에 있는 영심의 A은행 예금통장을 열어보니 십만원이 예금되어 있었다. 이에 욕심이 난 나도둑은 영심의 통장을 몰래 자신의 호주머니에 넣고, 방과 후 A은행 창구에 가서 마치 자신이 예금주인 영심인 양 예금 십만원을 청구하여 받아 인근 PC게임방에 가서 게임비로 써버렸다.

❊ 해설

나도둑의 행위는 절도와 사기죄에 해당합니다.

절도죄는 타인 점유의 재물을 그 의사에 반하여 절취함으로써 성립하는 범죄이고, 사기죄는 타인을 속여 재물을 받거나 재산상 이익을 취득할 경우 성립하는 범죄입니다. 우선 나도둑이 영심의 가방을 뒤져 영심의 통장을 자신의 호주머니에 넣는 행위는 절도죄에 해당하고, 영심의 통장으로 은행 창구에 가서 마치 자신이 영심인 양 행세하여 돈을 인출한 행위는 은행의 근무자가 나도둑을 예금주인 영심이인 것으로 속아서 돈을 인출해준 것이므로 사기죄에 해당하는 것입니다.

| 조문 |

절도죄(형법 제329조): 6년 이하의 징역 또는 1천만원 이하의 벌금.

사기죄(형법 제347조 제1항): 10년 이하의 징역 또는 2천만원 이하의 벌금.

| **관련사례** | 비밀번호를 몰래 알아내는 경우, 그 방법에 따라 새로운 범죄가 성립할 수 있으며, 도장을 몰래 가져가는 경우 역시 새로운 절도죄가 성립할 수 있습니다.

36. 볼펜 하나 머리핀 하나!

호기심 양은 방과 후 학교 앞 문구점에 우연히 들렀다가, 이번에 새로 나온 볼펜과 머리핀을 보았다. 평소 나쁜 짓을 하지 않는 호기심 양이었으나, 새로 나온 볼펜과 머리핀의 유혹을 참을 수가 없었다. 결국 호기심 양은 주인이 보지 않는 틈을 이용하여 볼펜과 머리핀을 몰래 자신의 호주머니에 넣고 문구점을 나와 집으로 돌아갔다.

호기심 양의 행위는 절도죄에 해당합니다.

절도란 남의 재물을 훔치는 것을 말합니다. 비록 볼펜과 머리핀이 비싼 가격이 아니라 할지라도 정당한 가격을 치르지 않은 채 마음대로 가져갔으니 절도죄의 책임을 지게 됩니다. 어떠한 경우라도 남의 재물을 마음대로 가져가서는 안 됩니다.

| 조문 |

절도죄(형법 제329조) : 6년 이하의 징역 또는 1천만원 이하의 벌금.

37. 주운 남의 신용카드가 과연 공짜일까?

나악녀는 친구 김영심의 집에 놀러갔다가 우연히 김영심 아버지의 신용카드를 발견하였다. 욕심이 생긴 나악녀는 김영심의 아버지 신용카드를 슬쩍 호주머니에 넣고, 백화점에 가서 평소 갖고 싶어 하던 영상핸드폰을 구입하였다.

❀ 해설

나약녀의 행위는 여신전문금융업법위반죄(절도죄, 사기죄)가 성립됩니다.

신용카드를 몰래 가져간 행위는 절도죄에 해당하고, 그 신용카드를 이용하여 물품을 구입한 행위는 사기죄에 해당합니다. 습득하거나 훔친 신용카드를 이용하여 물건을 사는 등 신용카드를 부정하게 사용할 경우 여신전문금융업법위반으로 더욱 엄하게 벌하고 있습니다.

| 조문 |

여신전문금융업법(제70조 제1항) : 7년 이하의 징역 또는 5천만원 이하의 벌금.

※ 여신전문금융업법은 신용카드업·시설대여업·할부금융업 및 신기술사업금융업을 영위하는 자의 건전하고 창의적인 발전을 지원함으로써 국민의 금융 편의를 도모하고 국민경제의 발전에 이바지함을 목적으로 제정된 법률로서, 주로 신용카드 등을 위조하거나 이를 훔치거나 빼앗거나 분실한 신용카드를 주워서 사용하는 행위, 카드할인(실제로 물품을 구매하지 않으면서도 물품을 구매한 것인 양 카드로 결재하여 현금을 만드는 일명 카드깡) 등 신용카드 등을 불법으로 이용하여 사회·경제적인 신뢰성을 저해시키는 행위들을 규제하기 위하여 제정된 법률입니다.

38. 주운 현금카드가 승인이 되네?

나악녀는 게임방에서 우연히 누군가 놓고 가버린 A은행의 현금카드를 발견했다. 그 현금카드를 이용하여 A은행 창구에 가서 임의의 비밀번호를 입력했더니 승인이 되어 십만원을 인출하였다.

❀ 해설

습득한 현금카드를 이용하여 현금을 인출한 경우 점유이탈횡령죄, 절도죄, 여신전문금융법이 성립합니다.

타인의 현금카드를 이용하여 현금을 인출하는 행위는 절도죄에 해당한다는 것이 대법원의 입장으로서, 만일 여러분들이 누군가 분실하고 가버린 현금카드를 발견하면 가까운 경찰서에 습득물을 가져다 주시기 바랍니다.

| 조문 |

점유이탈횡령죄(형법 제360조) : 1년 이하의 징역이나 300만원 이하의 벌금 또는 과료.

절도죄(형법 제329조) : 6년 이하의 징역 또는 1천만원 이하의 벌금.

여신전문금융업법(제70조 제1항) : 7년 이하의 징역 또는

5천만원 이하의 벌금.

39. 주운 핸드폰은 돌려주기 싫어?

마빡이는 평소와 같이 공원을 산책하던 중 우연히 벤치에 누군가 놓고 가버린 휴대폰 한 대를 발견하였다. 때마침 그 소유자로부터 휴대폰을 습득했으면 돌려달라는 애원 섞인 내용의 전화가 걸려왔으나, 그 휴대폰은 나악녀가 평소에 갖고 싶었던 바로 그 모델의 휴대폰이었다. 결국 그 휴대폰을 돌려주지 않기로 작심하고 집으로 가져가버렸다.

❈ 해설

마빡이의 행위는 점유이탈횡령죄에 해당합니다.

남이 분실한 물건은 반드시 분실자에게 돌려주어야 하고, 분실자가 누구인지 모르는 경우 경찰관서에 신고하여 분실자가 회수할 수 있도록 하여야 합니다.

| 조문 |

점유이탈물횡령죄(형법 제360조) : 1년 이하의 징역 또는 300만원 이하의 벌금, 과료.

※ 점유이탈물 : 유실물(잃어버린 물건), 표류물(사람의 점유를 떠나 바다나 하천에 떠다니는 물건), 매장물(고분 안에 들어 있는 보석, 거울 등 같이 땅속이나 그밖의 다른 곳에 파묻혀 있는 물건) 등을 말합니다.

40. 한 바퀴만 돌았어요!

영구는 수능을 본 후 남는 시간을 활용하여 인근 자동차 학원을 다녀 운전면허증을 취득하였다. 운전면허증을 취득한 지 얼마 되지 않아 운전을 해보고 싶던 영구는 우연히 친구 맹구의 아버지가 승용차에 열쇠를 꽂아둔 채 아파트 주차장에 세워두고 출근한 사실을 알았다. 영구는 맹구 아버지의 승낙 없이 승용차를 운전하여 아파트를 한 바퀴 돌고 제자리에 주차해두었다.

영구의 행위는 자동차불법사용죄에 해당합니다.

아무리 영구가 훔쳐갈 생각 없이 단순히 운전만 해볼 생각이었다 하더라도 범죄행위가 됩니다.

| 조문 |

자동차불법사용죄 형법 제331조의2 : 3년 이하의 징역 또는 500만원 이하의 벌금, 구류, 과료.

41. 엽전 15냥

임꺽정은 A지역의 보스이다. 그런데 친구들과 놀러갈 노래방비가 모자라 노래방비를 마련할 생각으로, 학교 앞 먹자골목 입구에서 이도령의 심부름을 가는 방자를 불러 세웠다. 임꺽정은 방자에게 "네 이놈! 가지고 있는 엽전을 다 내놔!"라고 하였으나, 방자는 가진 것이 없다면서 주지 않으려 했다. 임꺽정은 주먹으로 방자의 얼굴과 배를 여러 차례 폭행하여 방자로부터 엽전 15냥과 도서상품권 한 장을 빼앗았다.

❋ 해설

임꺽정의 행위는 강도죄에 해당합니다.

강도죄는 폭행 또는 협박으로 타인의 재물을 강취(강제로 뺏는 것)하거나 재산상 불법한 이익을 취득하거나 다른 사람으로 하여금 이익을 취득하게 함으로써 성립하는 범죄입니다. 그리고 강도할 목적으로 예비·음모한 경우도 7년 이하의 징역 등 중한 처벌을 받을 수 있답니다. 최근 청소년들이 대수롭잖게 일을 저질러 전과자가 되고 불행해지는 일이 많습니다.

| 조문 |

강도죄(형법 제333조) : 3년 이상의 유기징역.

| 관련사례 1 | 위 사례와 같은 과정에서 만일 임꺽정이 ① 야간에 사람의 주거 등에 침입하여 강도를 하였거나, ② 흉기를 휴대하여 강도를 하였거나, ③ 2인 이상이 합동하여 강도의 죄를 범한 경우에는 특수강도죄가 성립하여 그 처벌이 더욱 무거워져 무기 또는 5년 이상의 징역에 처할 수 있답니다.

| 관련사례 2 | 만일 위 방자를 때려 방자의 신체에 상처가 발생했다면, 강도죄가 아닌 강도상해죄(형법 제337조)가 성립하여 무기 또는 7년 이상의 징역에 처하게 되는 것입니다.

42. 입장권 주면 풀어주겠다!

이몽룡은 부산사직구장에서 벌어질 프로야구 '롯데:삼성' 간 경기를 춘향이와 함께 보러갈 예정이었으나, 입장권을 살 돈이 없어 어렵사리 성사한 춘향이와의 데이트가 무산될 처지에 이르렀다. 마침 이웃집에 사는 이쁜이가 빨래를 하러 가는 것을 발견하여 이쁜이를 자신의 집으로 유인한 후 집에 가지 못하게 하고 이쁜이의 엄마에게 전화하여 "입장권을 사주면 이쁜이를 풀어주겠다"며 입장권을 요구하였다.

✤ 해설

이몽룡의 행위는 인질강도죄에 해당합니다.

인질강도죄는 사람을 체포·감금·약취·유인하여 이를 인질로 삼아 재물 또는 재산상의 이익을 취득하거나 제3자로 하여금 이를 취득케 함으로써 성립하는 범죄인 것입니다. 이몽룡이 현금을 요구하거나 위 사례와 같이 입장권 등 기타 재물을 요구한 경우에도 모두 범죄행위가 되는 것입니다.

| 조문 |

인질강도죄(형법 제336조) : 3년 이상의 유기징역.

| 관련사례 | 만일 위 피해자인 이쁜이가 미성년자인 경우에는 인질강도죄가 아닌 '특정범죄가중처벌법'의 미성년자약취·유인죄가 성립되어 보다 무거운 처벌 대상이 됩니다.(무기 또는 5년 이상의 징역)

43. 일단 먹고 보자!

순악질 군은 A분식집 앞을 지나다 그 곳에서 짱구가 떡볶이를 맛있게 먹는 것을 보았다. 마침 수중에 돈이 한 푼도 없어 떡볶이 값을 지불할 수가 없었지만, 일단 먹고 보자는 식으로 분식집에 들어가서 떡볶이 2인분과 만두 1인분을 주문하여 먹고는 주인이 한눈파는 사이에 몰래 도망쳤다.

❀ 해설

순악질 군의 행위는 사기죄에 해당합니다.

수중에 돈이 없어 음식을 주문해 먹더라도 음식값을 지불할 의사나 능력이 없는 가운데 마치 정상적으로 대금을 지불할 것인 양 분식집 주인에게 음식을 주문한 행위는 사기죄에 해당합니다. 그러나 음식을 주문할 당시에는 수중에 돈이 있는 줄로 알았는데, 먹고 나서 보니 수중에 돈이 없음이 확인된 경우는 사기죄에 해당하지 않으며 단지 음식값에 대한 채무이행의 의무를 지게 되는 것입니다.

| 조문 |

사기죄(형법 제347조 제1항): 10년 이하의 징역 또는 2천만원 이하의 벌금.

| **관련사례** | ① 수중에 돈이 없음에도 택시 등 무임승차하여 그 대금을 지불치 아니한 경우와 변제할 의사가 없음에도 불구하고 변제의사가 있는 것처럼 가장하여 타인으로부터 금원을 차용한 경우도 사기죄가 성립합니다. 또한 ② 상점주인이 계산을 잘못하여 거스름돈을 많이 주는 것을 알면서도 그냥 받아서 가지고온 경우는 사기죄에 해당하고, ③ 상점주인이 계산을 잘못하여 거스름돈을 많이 주는 줄 모르고 받았지만, 집에 와서 보니 거스름돈을 많이 받았음을 확인하였으나 돌려주지 않은 경우는 사기죄가 아닌, 점유이탈물횡령죄에 해당합니다.

44. 자판기 주인은 바로 나야!

갈갈이는 학원 수업을 마치고 친구들과 함께 집으로 돌아가던 중, 자동판매기에서 판매하고 있는 탄산음료(500원)가 먹고 싶어 500원짜리 동전 모양의 가짜 동전을 만들기로 하고, 그 자리에서 500원짜리와 같은 크기의 물체를 여러 개 만들어 자동판매기에 넣어 탄산음료를 마음대로 꺼내 먹었다.

✤ 해설

갈갈이와 그 친구들은 모두 편의시설부정이용죄에 해당합니다.

편의시설이용죄는 부정한 방법으로 대가를 지급하지 아니하고 자동판매기, 공중전화 기타 유료자동설비를 이용하여 재물 또는 재산상의 이익을 취함으로써 성립하는 범죄입니다. 만일 갈갈이가 500원짜리 동전을 누가 보더라도 500원짜리로 착각할 정도로 정교하게 만들었다면 통화위조죄가 추가될 수 있습니다.

| 조문 |

편의시설부정이용죄(형법 제348조의 2) : 3년 이하의 징역 또는 500만원 이하의 벌금, 구류, 과료.

| **관련사례** | 모조동전을 만들어 지하철 승차권 자동판매 기에 주입하여 승차권을 발급받은 경우나 담배자동판매기에서 담배를 구입한 경우 역시 모두 편의시설부정이용죄에 해당합니다.

45. 돈 좀 빌려줄래?

나조폭은 방과 후 하교하는 같은 학교 후배인 짱구를 불러 골목길로 데려가 무서운 인상을 쓰면서 "나 지금 돈이 필요하거든, 오천원만 빌려줄래?" 하면서 돈을 요구하였다. 그런데 그 분위기는 만일 돈을 빌려주지 않으면 때리거나 어떤 해를 끼칠 듯한 상황이었으므로 겁이 난 짱구는 호주머니에 있는 돈 오천원을 나조폭에게 주었다.

❁ 해설

나조폭의 행위는 공갈죄에 해당합니다.

짱구를 폭행하거나 협박하여 재물을 받는 행위는 공갈죄에 해당합니다. 위 사례와 같이 나조폭이 말은 빌려달라고 했지만 짱구는 만일 빌려주지 않으면 어떤 위해를 입을 두려움에 순순히 돈을 내어준 것이므로 나조폭의 행위는 공갈죄가 성립합니다.

| 조문 |

공갈죄(형법 제350조) : 10년 이하의 징역 또는 2천만원 이하의 벌금.

| 관련사례 1 | 짱구를 때리는 등 위협하여 두려움에 떨고 있는 짱구로부터 돈 오천원과 교통카드를 빼앗은 경우.

| 관련사례 2 | 여러 명이 피해자를 둘러싸며 겉으로는 '게임기를 빌려 달라'고 말하지만, 그 내면에는 만일 빌려주지 않으면 위해를 가할 것처럼 위력을 보이며 게임기를 받아간 경우.

46. 짱구야, 잠시 내 핸드폰 가지고 있어!

짱구는 같은 반 친구 나영심과 함께 도서관에서 공부를 하고 있었다. 나영심이 잠시 매점에 다녀오겠다며 짱구에게 휴대전화기를 맡겨두었는데, 그 휴대전화기는 평소 짱구가 너무나 갖고 싶었던 신제품이었다. 순간 욕심이 생긴 짱구는 나영심에게 그 휴대전화기를 돌려주지 않은 채 집으로 가져가버렸다.

❀ 해설

짱구의 행위는 횡령죄에 해당합니다.

횡령죄는 다른 사람의 재물을 보관하던 자가 그 재물을 착복하는 경우 성립하는 범죄로서, 나영심이 짱구에게 핸드폰을 맡겨둔 것이므로 개인적으로 착복하는 등 돌려주지 않으면 범법행위가 되는 것입니다.

| 조문 |

횡령죄(형법 제355조 제1항) : 5년 이하의 징역 또는 1,500만원 이하의 벌금.

| 관련사례 | 친구로부터 빌린 참고서를 돌려주지 않거나 헌책방에 되판 경우, 짱구가 나영심으로부터 보관 받은 휴대전화기를 분실하였다고 거짓말하여 돌려주지 않은 경우 등.

47. 김기사는 알바 중!

김기사는 사모님이 제주도에 휴가를 간 사이 인근 편의점에서 아르바이트를 하게 되었다. 김기사의 업무는 편의점 내 물건을 판매하고 하루매상을 저녁에 출근하는 편의점 점주에게 전달하면 그만인 것이다. 그런데 김기사는 하루 매상 10만원 중 7만원만 점주에게 전달하고 나머지 3만원은 개인적으로 착복하였다.

❧ 해설

김기사의 행위는 업무상횡령죄가 성립합니다.

편의점 점주로부터 매상을 관리하라는 업무를 부여받아 매상을 보관하게 되었으면 돌려주어야 하나 돌려주지 않은 채 일부를 착복했다면 업무상횡령죄가 성립하는 것입니다.

| 조문 |

업무상횡령죄(형법 제356조): 10년 이상의 징역 또는 3천만원 이하의 벌금

| 관련사례 | A중학교 동창회의 총무를 담당하면서 그 공금을 관리하는 갈갈이가 동창회 공금 30만원 중 2만원을 개인적으로 사용한 경우

48. 내가 키울까?!

짱구는 휴일 날 공원 산책을 하던 중 우연히 애완견 한 마리가 길을 잃고 돌아다니는 것을 발견하였다. 평소에도 애완견을 갖고 싶어 했던 짱구는 길을 잃은 애완견이라는 것을 알지만 그만 욕심이 생겨 키우고 싶은 생각에 집으로 데려갔다.

❖ 해설

짱구의 행위는 점유이탈물횡령죄가 성립합니다.

점유이탈횡령죄는 타인이 분실한 물건이나 동물을 돌려주지 않고 가져간 경우 성립하는 범죄입니다.

| 조문 |

점유이탈물횡령죄(형법 제360조) : 1년 이하의 징역 또는 300만원 이하의 벌금 또는 과료.

| **관련사례 1** | 잘못 배달된 우편물을 주인에게 돌려주지 않고 개인적으로 가진 경우(단, 타인의 우편물을 단순히 열어본 경우는 비밀침해죄 성립).

| **관련사례 2** | PC방에 누군가 놓고 가버린 휴대전화기 등 물건을 가져간 경우.

| **관련사례 3** | 고속버스, 시내버스, 전철에 승객이 실수로 두고 내린 물건을 가져간 경우.

49. 짱아야 미안해!

짱구는 인터넷 A게임사이트에 가입하여 인터넷 게임을 하던 중, 여자친구인 짱아가 게임사이트의 아이템을 늘려 줄 것을 부탁했다. 그래서 짱아 대신 A게임사이트에 접속하여 게임을 하면서 짱아의 아이템을 다른 사람에게 2만 원을 받고 팔아버렸다. 짱아야 미안해!

✤ **해설**

짱구의 행위는 배임죄가 성립합니다.

누구든지 다른 사람으로부터 일을 부탁받아 그 일을 처리하면서 마음대로 일을 하여 자신이 이익을 취하고 일을 맡긴 사람에게 손해를 끼치면 배임죄가 성립합니다. 여러분들이 이해하기 다소 어려운 내용이겠지만, 다른 사람으로부터 부탁받은 일을 고의로 망치면서 오히려 개인적으로 이익을 취해서는 안 된다는 사실을 기억해야 합니다.

| 조문 |

배임죄(형법 제355조 제2항) : 5년 이하의 징역 또는 1,500만원 이하의 벌금.

※ 게임을 하면서 여러 사람이 할 경우 속칭 본주, 부주 식으로 나누어 게임을 하는 경우가 많습니다. 본주는 정당한 자신의 계정을 이용하고 있지만, 부주는 게임만 하는 사람으로서 본주의 승낙 없이 게임아이템을 마음대로 타인에게 넘기거나 매도할 수 없습니다.

50. 난 보관만 했다구요!

손오공은 동생 저팔계 사오정과 함께 삼장법사를 모시고 인도로 가던 중 어느 마을에 이르러 잠시 쉬어가기로 했다. 그 마을 정자나무 아래에서 삼장법사와 함께 잠시 낮잠을 자고 있는데, 동생들인 저팔계와 사오정이 그 마을 이장집에 있던 세발자전거를 훔쳐 타고 나오면서 잠시 보관해줄 것을 부탁했다. 손오공은 그 세발자전거는 훔친 것이라는 것을 알면서도 보관해주었다.

❊ 해설

손오공의 행위는 장물죄에 해당합니다.

장물죄는 장물(타인이 절도·강도·사기·공갈·횡령죄에 의해 가지게 된 재물)을 취득·양도·운반·보관·알선하는 것을 그 내용으로 하고 있습니다. 본 죄는 장물을 단순히 취득하거나 양도하거나 운반하거나 알선하거나 보관만 하여도 성립하는 범죄이므로 범죄로 인하여 생긴 재물에 대하여는 쳐다보지도 말고 경찰에 신고하여야 합니다.

위 사례에서 손오공은 저팔계와 사오정이 훔친 물건이라는 사실을 알면서도 함께 타고 다닐 생각으로 이를 보관한 행위를 하였기에 장물죄에 해당하는 것입니다. 물론 저팔계와 사오정의 경우 절도죄가 성립함은 당연한 것이겠지요.

| **관련사례** | 만일 손오공이 저팔계와 사오정으로 하여금 세발자전거를 훔쳐오라고 시켰다면, 손오공은 절도죄에 가담하였기에 절도죄의 책임을 지게 됩니다.

또한 세발자전거를 손오공이 보관하면서 삼장법사에게 알선한 경우, 손오공에게 장물죄(장물알선)가 성립함은 물론이고, 삼장법사가 세발자전거를 장물인 사실을 알고 받았다면 역시 장물죄(장물취득)가 성립합니다.

51. 홧김에…

호빵맨은 학원 수업을 마치고 친구들과 함께 집으로 돌아가던 중, 자동판매기에서 판매하고 있는 탄산음료(500원)를 친구들과 나눠 먹기로 하였다. 그러나 500원 동전을 넣었음에도 자판기에서 탄산음료가 배출되지 않아 홧김에 발과 주먹으로 자동판매기의 입구를 부수는 등 파손하였다.

❧ 해설

호빵맨의 행위는 손괴죄가 성립합니다.

타인의 재물을 부수거나 찢는 행위를 하여 사용할 수 없게 하는 경우 손괴죄가 성립합니다. 일시적으로 사용 못하게 하는 경우도 손괴죄가 된답니다. 그러나 고의가 아닌 실수로 파손한 경우에는 범죄가 되지 않습니다.

| 조문 |

손괴죄(형법 제366조) : 3년 이하의 징역 또는 2천만원 이하의 벌금.

| 관련사례 1 |
호빵맨이 같은 반 친구 만사마의 가방을 고의로 숨겨 만사마의 가방을 찾지 못하게 한 경우 역시 손괴죄에 해당합니다.

| **관련사례 2** | 식기에 소변을 하여 기분상 못쓰게 한 경우, 그림에 낙서하여 전시하지 못하게 한 경우 모두 손괴죄에 해당합니다.

52. 친구 집을 불태운 사오정

사오정은 손오공이 액션가면을 주지 않는 것에 앙심을 품고 홧김에 손오공, 저팔계 등 친구들이 살고 있는 집에 불을 질러 태워버렸다.

❖ 해설

사오정의 행위는 현주건조물방화죄가 성립합니다.

현주건조물방화죄는 불을 놓아 사람이 주거로 사용하거나 사람이 현존(현재 존재하는)하는 건조물 등을 소훼(불을 태워 없앰)함으로써 성립하는 범죄입니다.

| 조문 |

현주건조물방화죄(형법 제164조) : 무기 또는 3년 이상의 징역.

| **관련사례** | 실수로 인하여 위 집을 태운 경우는 실화죄의 책임을 지게 됩니다.

53. 약수터 피서

사오정은 여름방학을 맞이하여 친구들과 금정산 계곡에 피서를 갔다. 친구들이 약수터에서 줄을 서서 물을 마시는 줄 알면서도 약수터 안에 들어가 머리를 감고 샤워를 하는 등 다른 친구들은 물론 그곳을 찾는 시민들이 약수터의 물을 마시지 못할 정도로 만들어버렸다.

❋ 해설

사오정의 행위는 음용수사용방해죄가 성립니다.

음용수사용방해죄는 샘물, 자연수 등 일상의 음용에 공하는 정수에 오물 또는 독약, 기타 건강을 해할 물건을 혼입하여 음용하지 못하도록 함으로써 성립하는 범죄입니다. 다른 친구들이 함께 사용하는 샘터에서는 질서를 지켜 누구나 목을 축일 수 있도록 예를 갖추어야 하겠지요.

음용수사용방해죄(형법 제192조) : 1년 이하의 징역 또는 500만원 이하의 벌금.

54. 나는야 한국은행!

마빡이는 친구 영심이의 생일은 다가오는데 선물을 사 줄 돈이 없어, 선물을 사는데 사용하기 위하여 자신의 집 에 있는 스캐너와 컴퓨터를 이용해 1만원권 지폐 10장을 만들었다.

✤ 해설

마빡이의 행위는 통화위조죄에 해당합니다.

최근 칼라프린트가 널리 보급됨에 따라 언론지상에 간 혹 이와 같은 행위가 발생하고 있습니다. 컴퓨터의 활용능 력이 뛰어난 청소년들이 범행에 많이 가담하고 있어 각별 한 주의가 필요합니다.

얼마 전까지만 해도 가짜 돈을 만든다는 것은 굉장히 어 려운 일이었습니다. 그러나 세계 최강의 IT강국답게 지금은 컴퓨터를 조금만 다룰 줄 알면 가짜 돈을 만들 수 있을 만큼 기술이 발달했습니다. 생활의 편리를 위한 기술을 이러한 범죄에 사용한다면 자신은 물론 우리나라의 미래는 없을 것입니다.

| 조문 |

통화위조죄(형법 제207조) : 무기 또는 2년 이상의 징역.

| 관련사례 | 만일 자기앞수표를 위 같은 방법으로 위조했다면 유가증권위조죄가 성립합니다.

※ 통화는 유통화폐(流通貨幣)의 준말로, 유통 수단이나 지불 수단으로서 기능하는 교환 수단을 의미하며, 국가가 공식적으로 지정하여 쓰는 돈, 다시 말해 지불 및 상업적 유통 단위를 뜻합니다. 그리고 그 외형상의 형태에 따라 크게 지폐와 동전으로 나누기도 합니다.

55. 나만 당하고 있을 수는 없지!

황마담은 마빡이로부터 속아서 받은 1만원권 지폐가 나중에 위조된 것이라는 알게 되었다. 그러나 이왕 받은 1만원권 지폐를 사용하기로 결심하고 그날 저녁 문구점에서 노트 두 권을 사면서 위조지폐를 대금으로 주었다.

❈ 해설

위조통화취득후지정행사죄와 사기죄가 함께 성립할 수 있습니다.

위조통화취득후지정행사죄는 위조·변조된 통화를 취득한 후 그 화폐 등이 위조·변조되었다는 사실을 알면서도 이를 행사함으로써 성립하는 범죄이고, 그 위조통화를 이용하여 물건을 구입한 행위는 판매자에 대한 또 다른 사기죄가 된답니다.

가짜 돈을 만드는 것도 범죄행위에 해당하지만, 그것을 알면서도 사용하는 것 역시 죄가 된다는 사실도 잊지 말아야 합니다.

| 조문 |

위조통화취득후지정행사죄(형법 제210조) : 2년 이하의 징역 또는 500만원 이하의 벌금.

56. 무늬만 손오공

저팔계는 자신이 마치 손오공인 양, 손오공 명의의 이동전
화 가입신청서를 작성하여 이동통신 대리점에 제출하였다.

❊ 해설

저팔계의 행위는 사문서위조죄와 위조사문서행사죄가 성립합니다.

누구든지 타인의 행세를 하여 문서를 작성한 경우 사문
서위조죄가 성립할 수 있으니 타인 명의의 문서를 작성하
면 범죄가 될 수 있답니다. 그리고 위 사례와 같이 위조한
문서를 제출하는 행위도 위조사문서행사죄로서 범죄행위
가 된답니다.

| 조문 |

사문서위조죄(형법 제231조) : 5년 이하의 징역 또는 1천만
원 이하의 벌금.

위조사문서행사죄(형법 제234조) : 5년 이하의 징역 또는
1천만원 이하의 벌금.

| 관련사례 | 학생증을 위조할 경우 사립학교인 경우는 사
문서위조죄, 국·공립학교인 경우는 공문서위조죄가 성립.

※ 사문서 : 사인(私人)의 권리의무 또는 사실증명에 관하여 작성한 문서

※ 사인(私人) : 개인자격으로의 사람을 말함

※ 위조 : 남을 속이려고 진짜와 비슷하게 물건이나 문서를 만드는 것으로, 작성 권한이 없는 사람이 다른 사람 이름의 문서를 작성하는 것

57. 운전면허증 제조기

호빵맨은 친구들과 오토바이를 몰고 다니는 일명 폭주족이었다. 그런데 오토바이 운전면허증이 없었다. 그래서 호빵맨은 무면허운전으로 단속될까 두려워 단속 경찰관에게 제시할 생각으로 친구인 사오정의 운전면허증에 호빵맨 자신의 사진을 붙여 마치 호빵맨 자신의 운전면허증인양 만들었다.

❀ 해설

호빵맨의 행위는 공문서위조죄가 성립합니다.

공문서위조죄는 행사할 목적으로 공무원 또는 공무소의 문서 등을 위조함으로써 성립하는 범죄입니다. 단속 경찰관에게 위조한 운전면허증을 제시하는 그 순간 별도의 행

사죄가 성립합니다.

통신수단의 발달로 지금은 주민등록번호만 입력하면 그 실제사진을 그 단속 현장에서 바로 확인할 수 있습니다. 주민등록번호를 도용하여 타인의 운전면허증을 만드는 행위는 없어져야 할 것입니다.

| 조문 |

공문서위조죄(형법 제225조) : 10년 이하의 징역.

| **관련사례** | 타인의 주민등록증에 자신의 사진을 붙이는 경우.

58. 생년만 좀 살짝 고쳤기로서니…

호빵맨은 고교 2년생으로, 친구들과 생일파티를 하기 위하여 A대학교 앞 B주점에서 만나기로 하였다. 그런데 평소 B주점의 주인은 청소년에게는 출입을 시켜주지 않기로 소문난 사람이었다. 그래서 호빵맨은 자신의 주민등록증의 생년을 지우고 그곳에 성인인 양 생년의 숫자를 고친 후 B주점의 주인에게 보여주고 입장하였다.

호빵맨의 행위는 공문서변조죄가 성립합니다.

공문서변조죄는 행사할 목적으로 공무원 또는 공무소의 이미 성립한 문서 등을 변조함으로써 성립하는 범죄입니다. 그리고 위같이 변조된 주민등록증을 타인에게 제시하는 그 순간, 또 다른 범죄가 성립합니다.

| 조문 |

공문서변조죄(형법 제225조) : 10년 이하의 징역.

59. 나는야 바바리맨!!

어느 날 A여고 학생들이 수업중인 오후 두 시경, 학교 운동장에 일명 '바바리맨'이 나타났다. 바바리맨은 학생들이 자신에게 시선이 집중될 때 순간 자신의 몸을 감싸고 있는 바바리를 펼쳐 자신의 성기 등 신체 중요부위를 보여주고 운동장을 이리저리 휘젓고 다녔다.

❀ 해설

위 바바리맨의 행위는 공연음란죄에 해당합니다.

공연음란죄는 여러 사람들이 보는 곳에서 정상인의 성적수치심을 유발하고, 선량한 성적 도의관념에 반하는 행위를 한 경우 해당하는 범죄입니다. 자신의 성기를 여러 사람 앞에서 보여줌으로써 여학생들로 하여금 성적수치심을 일으킨 행위는 범죄행위에 해당합니다. 지하철 역 주변 학생들의 통학로 등에 바바리맨들이 많습니다. 바로 신고 해야겠지요!!

| 조문 |

공연음란죄(형법 제245조) : 1년 이하의 징역 또는 500만 원 이하의 벌금, 구류, 과료.

| 관련사례 | 서울 모 방송국의 가요프로그램에서 어느 남자 무용수가 다수의 관객이 지켜보는 가운데 갑자기 자신의 바지를 벗어 성기를 노출한 채 춤을 추는 행위를 한 경우.

60. 공무집행방해

> 호빵맨은 오토바이를 타고 귀가하는데 교통경찰관이 불심검문을 하자 당황한 나머지 교통경찰관을 밀어 넘어뜨리는 등 폭행을 하고 도망갔다.

❋ 해설

호빵맨의 행위는 공무집행방해죄가 성립니다.

정당한 공무집행중인 공무원에게 폭행이나 협박을 한 경우 공무집행방해죄가 성립합니다.

| 조문 |

공무집행방해죄(형법 제136조 제1항) : 5년 이하의 징역 또는 1천만원 이하의 벌금.

| 관련사례 | 시험장에 대리 응시하는 경우는 위계공무집행방해죄가 성립니다. [위계공무집행방해(제137조) : 5년 이하의 징역 또는 1천만원 이하의 벌금]

※ 공무원은 법령에 의해 국가나 공공단체의 사무에 종사하는 사람이며, 보통 학생들은 잘못을 저지를 경우 경찰관의 검문에 겁을 먹고 호빵맨처럼 경찰관의 직무를 방해하는 경우가 있는데 이는 더 큰 범죄를 저지르게 되는 것입니다.

61. 조르기 게임

심심이는 친구들과 요즘 유행하는 '목 조르기 놀이'(일명 졸도게임 또는 우주원숭이)를 하기로 했다. 심심이는 티셔츠를 이용하여 친구 나약해 군의 목을 조르기 시작했다. 그런데 한참이 지나 친구 나약해 군이 숨을 쉬지 않았다. 급하게 119 구급차를 불렀으나 나약해 군은 이미 숨을 멈춘 상태였다.

❀ 해설

심심이의 행위는 과실치사죄가 성립합니다.

위와 같은 놀이는 충분히 사고를 예견할 수 있는 위험한 놀이로서 심심이에게는 그 책임이 있다 할 것입니다. 만일 사망에 이르지 않았고 부상을 입었다 하더라도 과실치상의 책임을 지게 된답니다.

※ 목 조르기 놀이는 한때 미국에서 유행하던 놀이로서 이 놀이로 인하여 많은 미국 학생들이 사망한 것으로 알려져 있다. 이 놀이는 자신이나 다른 사람의 목을 조르기 시작하면 뇌에 전달되는 혈액량이 줄어들어 산소 부족증이 일어나고 이때 뇌는 환각 증상이 나타난다고 한다. 이 놀이를 하는 경우 나타나는 부상으로는 뇌진탕, 골절상, 눈 출혈, 발작, 영구적인 신경 손상 등이 있고, 심한 경우 위 사례와

같이 사망까지 할 수 있는 것이다. 위험한 놀이이므로 주변 청소년들 사이에 이런 놀이를 하는 경우를 발견하면 그 위험성을 알리고 놀이를 중지하도록 하여 큰 사고를 막아야 한다.

| 조문 |

과실치사죄(형법 제267조) : 2년 이하의 금고 또는 700만원 이하의 벌금.

| **관련사례** | 사람을 죽여도 좋다고 생각하고 위와 같은 행위를 하였다면, 과실치사죄가 아닌 살인죄(제250조 제1항 : 사형, 무기 또는 5년 이상의 징역)가 성립하고, 위 놀이로 인하여 부상을 입었다면 과실치상죄(제266조 : 500만원 이하의 벌금, 구류, 과료)가 성립합니다.

62. 강아지에게 화풀이?

짱구는 학교에서 선생님으로부터 혼이 나서 기분이 좋지 않은 가운데 집으로 향하고 있었다. 그런데 그날따라 이웃집 강아지가 자기를 졸졸졸 따라오는 등 귀찮게 했다. 몹시 화가 난 짱구는 강아지의 목을 잡아 조르고 신발을

이용하여 강아지의 전신을 때려 강아지의 입에서는 피가
나고 강아지는 깽깽거리며 서글프게 울어대고 있었다.

✤ 해설

짱구의 행위는 **동물보호법위반(동물학대)**이 된답니다.

동물에 대하여 고통을 주거나 상해를 입히는 경우 동물
보호법에 의하여 처벌이 된답니다. 아무리 말 못하는 동물
이라고 하나 아무렇게 다루어서는 안 되겠지요? 사랑으로
감싸주어야 한답니다. 그리고 동물보호법에서 규정한 '동
물'에는 소·말·돼지·개·고양이·토끼·닭·오리·산양·면
양·사슴·여우·밍크 등이 해당합니다.

| 조문 |

동물보호법 (제12조, 제6조 제2항).

| 관련사례 1 | 동물을 합리적인 이유 없이 죽이거나, 잔인
하게 죽이거나, 타인에게 혐오감을 주는 방법으로 죽이는
경우(동물보호법 제12조, 제6조 제1항).

| 관련사례 2 | 합리적인 이유 없이 강아지 등 동물을 내다
버린 경우(동물보호법 제12조, 제6조 제3항).

63. 세 살 버릇 여든까지 간다

임꺽정은 방과 후 학교 뒤 야산에서 인근 철물점에서 구입한 공업용 본드인 ○○○○를 구입하여 코와 입에 대고 호흡하는 방법으로 본드를 흡입하였다.

☙ 해설

임꺽정의 행위는 유해화학물질관리법위반에 해당합니다.

공업용 본드에선 사람의 몸에 해로운 환각물질인 톨루엔 성분이 포함되어 있어 자라는 청소년을 정신적·육체적으로 병들게 하므로 임꺽정의 행위는 결코 바람직하지 못한 것입니다. 나아가 성년이 되어서는 마약류 등의 유혹을 벗어나기 어려워집니다.

|조문|

유해화학물질관리법 (제58조 제3호, 제43조 제2항).

|**관련사례**| 공업용 본드뿐만 아니라, 부탄가스를 흡입하는 경우도 범법행위가 됩니다.

※ 술, 담배 및 유해약물의 문제점

· 술 : 뇌세포를 파괴하여 암기력 및 기억력을 떨어지게 할 뿐만

아니라, 간세포 손상 및 심장마비 등을 일으킨답니다.

· 담배 : 뇌기능장애, 폐암 등을 일으키는 등 인체에 심각한 유해
물질입니다.

· ×미×(범죄에 이용될 우려가 있어 생략표기함) : 다량 복용했을 경우 환
각 증세를 일으키며 그 과정에서 뇌조직을 녹여 정상적인 판단능력
을 상실케 하므로 위험합니다.

· 본드 및 부탄가스 : 톨루엔, 초산에틸 등 물질이 뇌에 전달되어
뇌를 손상시키며, 인체의 혈액세포 생성을 방해하여 재생불량성 빈
혈, 백혈병 등을 일으킬 수 있고, 면역력을 떨어뜨려 각종 질병에 노
출된답니다.

64. 짱구도 성인사이트에 가입하고파!

청소년인 짱구는 성인사이트에 가입하려 하였으나, 청
소년인 관계로 성인사이트에 가입할 수가 없었다. 그러던
어느 날 아버지 주민등록번호를 몰래 알아내어 성인사이
트에 가입하였다.

✽ 해설

짱구의 행위는 주민등록법위반이 됩니다.

타인의 주민등록번호를 단순히 부정 사용하기만 해도 범죄행위가 되는 것입니다. 그리고 청소년 자신의 주민등록번호로는 가입이 되지 않은 사이트라면, 청소년들이 보기에 적절치 않은 내용이 있어 그런 가입제한이 있는 것입니다. 궁금해도 참는 것도 배워야겠지요?

| 조문 |

주민등록법 (제21조 제2항 제9호) : 3년 이하의 징역 또는 1천만원 이하의 벌금.

| 관련사례 | 허위 주민등록생성프로그램을 전달하거나 유포한 경우(주민등록법 제21조 제2항 제4호).

65. 좋은 건 같이 보자?

놀부는 우연히 인터넷 사이트를 서핑하던 중 저작권 있는 소설 파일 「흥부의 절규」를 내려 받아 읽어보았더니 재미가 있었다. 그러던 어느 날 P2P방식으로 운용되는 인터넷 A사이트에서는 자신이 올린 파일을 다른 사람이 내려 받음으로써 일정한 포인트가 적립된다는 사실을 알게 되

었다. 놀부는 A사이트에 「흥부의 절규」 파일을 사이트를
방문하는 방문객이 내려받을 수 있도록 업로드하여 이를
다른 사람들과 공유하였다.

❀ 해설

놀부의 행위는 저작권법위반에 해당합니다.

저작권 있는 소설파일을 인터넷에 업로드하여 이를 게
시할 경우 저작권법위반으로 민·형사적 책임을 져야합니
다. P2P방식으로 운용되는 인터넷 사이트는 자신의 폴더
와 공유를 하므로 파일을 내려받는 경우 자신의 폴더를 열
어주어야 하는 경우가 많습니다. 자신의 파일을 열어주는
여러분의 폴더 속 많은 파일들을 많은 인터넷 사용자가 열
람가능하게 되어 저작권 침해행위가 되는 것입니다.

| 조문 |

저작권법 제236조의 1항 : 5년 이하의 징역 또는 5천만
원 이하의 벌금.

| 관련사례 | 게임파일 등 각종 저작권 있는 파일을 타인
에게 전송하거나 공유하는 경우가 해당합니다.

※ 최근 들어 청소년이 가장 많이 범하는 범죄유형 중 하나가 바로

이 저작권법위반입니다. 아울러 게임이나 각종 유틸리티 등 소프트웨어를 복제하거나 다른 사람에게 전송하는 등의 행위를 할 경우 컴퓨터프로그램보호법 위반이 될 수 있습니다.

특히 인터넷 P2P 사이트는 많은 청소년들이 무심코 파일을 내려받거나(다운로드) 게시(업로드)하는 과정에서 저작권 있는 소설·음악·영화·교육 동영상 등을 이용하여 저작권을 침해하는 등 저작권법위반을 하는 경우가 너무나 많습니다. 많은 청소년들은 해당 파일에 대한 사용료를 제공하였으니 문제될 것이 없다고 생각을 합니다. 그러나 그 사용료는 해당 저작권자에게 지급된 것이 아니라 해당 사이트 운영자와 게시자에게 지급된 것이므로 저작권침해에 대한 책임을 피할 수 없는 것입니다.

66. 세상에 이런 일이!

최근 ○○시 모 초등학교에서 집단 성폭행 사건이 발생했다. 중학생들과 초등학생들이 번갈아가며 초등학교 여학생들을 성폭행한 것이다. 이들은 인터넷에 난무한 성인 영상물을 통하여 성에 관한 올바른 가치관이 정립되지 않은 가운데 초등학교 학생들을 상대로 무분별한 범행을 저지른 것이다.

❖ 해설

이들의 행위는 성폭력범죄의 처벌 및 피해자보호 등에 관한 법률 위반죄에 해당합니다.

성범죄는 그 어떤 형태를 불문하고 사회의 지탄을 면할 수 없는 범죄입니다. 청소년 스스로 인터넷에 난무한 음란 영상물에 중독되어 올바른 성의식이 정립되지 않은 가운데 발생한 사건으로 볼 수 있습니다. 청소년 스스로 음란 영상물에 대한 유혹에서 벗어날 수 있도록 해야 할 것입니다. 한순간의 실수가 자신은 물론이거니와 피해 학생에게도 씻을 수 없는 과오가 됨을 명심하시기 바랍니다.

| 조문 |

성폭력범죄의 처벌 및 피해자보호 등에 관한 법률(제9조 제2항) : 무기 또는 5년 이상의 징역.

67. 보이스 피싱

나악당은 순진여에게 전화하여 "나는 B경찰서 형사입니다. 당신의 은행 계좌가 해킹 당했으니, 빨리 가까운 은

행 현금인출기로 가서 저의 전화를 받으시기 바랍니다"라고 속여 순진여로 하여금 현금인출기로 유인하여 자신이 불러주는 번호를 현금인출기에 입력하게 했다. 나악당은 순진여의 계좌에 있던 200만원을 자신의 계좌로 이체하게 한 후 유유히 사라졌다.

❀ 해설

나악당의 행위는 사기죄에 해당합니다.

경찰이나 금융기관에서 고객의 계좌번호에 대한 비밀번호를 직접 요구하거나 전화를 이용하여 현금인출기에서 누르도록 하는 경우는 없습니다. 자신의 신분을 숨긴 채 마치 자신이 경찰서 형사인 양 금융계좌번호 및 그 비밀번호를 요구하거나 누르도록 한 나악당의 행위는 사기죄에 해당합니다.

| 조문 |

사기죄(형법 제347조 제1항) : 10년 이하의 징역 또는 2천만원 이하의 벌금.

※ '보이스 피싱'이란?

최근 국내에 많이 발생하고 있는 신종수법의 범죄로서, 무작위로 전화를 걸어 자신의 신문을 숨기고 마치 자신이 경찰서 형사, 택배기

사, 검사, 연금관리공단, 의료보험공단 직원인 양 행세하면서 피해자들의 개인정보를 **빼**내거나, 현금인출기로 유인하여 계좌이체를 하도록 하는 수법입니다.

　이런 전화를 받게 될 경우, 만일 개인의 통장 계좌번호, 그 비밀번호 및 주민등록번호 등 개인정보를 요구한다면 일단 그 상대방을 의심해보아야 하고, 그 상대로부터 상대의 전화번호를 요구하여 직접 전화를 걸어본다거나 관계기관을 통하여 실제 관련자인지 확인해보는 지혜가 필요합니다.

2

경범죄처벌법(기초질서)

❖ 제1절 | 경범죄처벌법의 종류와 처벌

조문	행 위	1차제재	조문	행 위	1차제재
1호	빈집 등에의 잠복	즉 심	28호	물건 던지기 등 위험행위	30,000원
2호	흉기의 은닉휴대	즉 심	29호	공작물 등 관리소홀	50,000원
3호	삭 제	·	30호	굴뚝 등 관리 소홀	50,000원
4호	폭행 등 예비	즉 심	31호	정신병자 감호 소홀	즉 심
5호	허위신고	즉 심	32호	위해동물 관리 소홀	50,000원
6호	시체 현장변경	즉 심	33호	동물 등에 의한 행패	즉 심
7호	요부조자 등 신고불이행	즉 심	34호	무단 소등	50,000원
8호	관명사칭 등	즉 심	35호	공중통로 안전관리 소홀	50,000원
9호	출판물의 부당게재 등	즉 심	36호	공무원 원조불응	50,000원
10호	물품강매 · 청객행위	즉 심	37호	성명 등의 허위기재	즉 심
11호	허위광고	즉 심	38호	전당품장부 허위기재	50,000원
12호	업무방해	즉 심	39호	미신요법	20,000원
13호	광고물 무단첩부 등	즉 심	40호	야간통행제한 위반	30,000원
14호	음용수 사용방해	즉 심	41호	과다노출	즉 심
15호	삭 제	·	42호	지문채취불응	즉 심
16호	오물방치(담배꽁초, 껌, 휴지)	30,000원	43호	자릿세 징수 등	즉 심
16호	오물방치(쓰레기, 죽은 짐승 등)	50,000원	44호	삭 제	·
17호	노상방뇨(침을 뱉는 행위)	30,000원	45호	삭 제	·
17호	노상방뇨(대소변 행위)	50,000원	46호	비밀 춤 교습 및 장소제공	즉 심
18호	의식방해	즉 심	47호	암표 매매	즉 심
19호	단체가입 강청	즉 심	48호	새치기	50,000원
20호	자연훼손	50,000원	49호	무단출입	20,000원
21호	타인의 가축 · 기계 등 무단조작	즉 심	50호	총포 등 조작 장난	즉 심
22호	수로유통방해	20,000원	51호	무임승차 및 무전취식	즉 심
23호	구걸 부당이득	즉 심	52호	뱀 등 진열행위	30,000원
24호	불안감 조성	50,000원	53호	장난전화 등	즉 심
25호	음주소란	50,000원	54호	금연장소에서의 흡연 (지하철역 구내, 승강기, 대중교통수단, 의료시설, 위험물 저장 판매시설)	30,000원
26호	인근소란	30,000원	54호	금연장소에서의 흡연 (역대합실, 버스터미널, 실내체육관, 기타)	20,000원
27호	위험한 불씨 사용	즉 심			

❖ 제2절 | 경범죄처벌법의 종류와 해설

제1편 경범죄처벌법

(1) 목적

형법에서 누락된 경미한 범죄위반에 대하여 단속하기 위한 법입니다.

(2) 경범죄처벌법의 처벌

즉심에 회부될 경우 '10만원 이하의 벌금, 구류 또는 과료에 처한다' 고 합니다. 그러나 앞 제1절 '경범죄처벌법의 종류와 처벌' 란의 금액이 기록된 호에 대하여는 즉결심판에 회부하지 않고 통고처분을 할 수도 있습니다.

※ 즉결심판이란?

경미한 범죄사건(20만원 이하의 벌금·구류 또는 과료에 해당하는 사건)에 대하여 정식 형사소송 절차를 거치지 않고 '즉결심판에 관한 절차법' 에 따라 경찰서장의 청구로 순회판사가 행하는 약식재판을 말합니다.

※ 통고처분이란?

법률이 정하는 일정한 행정범을 범한 심증이 확실한 때에 그에 대한 벌금·과료·몰수 또는 추징금에 상당하는 금액을 일정한 장소에 납부하도록 통고하는 행정행위입니다.

(3) 경범죄처벌법의 의의

흔히들 주변에서 기초질서를 말하곤 합니다. 그 기초질서에 대하여 규정한 법규 중 대표적인 것이 바로 경범죄처벌법입니다.

기초질서는 그 나라 국민의 의식수준을 가늠케 하는 기본적이면서도 중요한 규범의식이면서 공동체 사회를 유지하는 생활규범이라 할 수 있습니다.

이 장에서 경범죄처벌법을 배정한 것은, 우리는 유년기부터 청소년기를 통하여 길거리에 휴지 버리지 않기, 아무 곳에서나 침 뱉지 않기 등 기초질서를 지켜야 한다는 교육을 받아왔지만 그 구체적인 사항을 모르는 경우가 많으므로 이번 기회에 세세히 설명하기 위함입니다.

'바늘 도둑이 소 도둑 된다' 는 말이 있습니다. 경범죄처벌법 등 기초질서에 대한 준법의식은 아무리 강조하여도 지나치지 않을 것입니다.

제2편 경범죄처벌법의 해설

제1조 (경범죄의 종류)

다음 각 호의 1에 해당하는 사람은 10만원 이하의 벌금, 구류 또는 과료의 형으로 벌한다.

1 <u>영구는 친구들과 함께 재개발지역의 빈집에 몰래 들어갔다.</u>

⚜ 해설

영구의 행위는 경범죄처벌법은 빈집 등에의 잠복 행위에 해당합니다.

위 호는 빈집 등이 범죄자나 비행집단의 집합소가 되어 본드흡입 등 범죄를 유발하는 것을 미리 방지하기 위하여 그 전 단계 행위인 빈집 등의 장소에 숨어들어가는 것 자체를 금한 것입니다.

| 조문 |

경범죄처벌법 제1조 제1호(빈집 등에의 잠복) : 다른 사람이 살고 있지 아니하고 또한 지키지 아니하는 집 또는 그 울타리 안이나 건조물·배·자동차 안에 정당한 이유 없이 숨어 들어간 사람.

| 관련사례 | 재개발지역의 빈집이나, 폐차 안에 들어가는
경우.

2 나악당 군은 과도와 쇠톱을 가방 옷 속에 넣고 골목을 다니고 있었다.

❧ 해설

나악당 군의 행위는 경범죄처벌법 제1조 제2호 흉기의 은닉휴대 행위에 해당합니다.

위 호는 흉기나 연장을 소지하고 다니면 사람의 생명·신체에 위해를 가하거나 남의 집 등에 침입하는 데 사용될 우려가 있으므로 그러한 더 큰 범죄를 미연에 방지할 목적으로 금한 것입니다.

| 조문 |

경범죄처벌법 제1조 제2호 (흉기의 은닉휴대) : 칼·쇠몽둥이 등 사람의 생명 또는 신체에 중대한 해를 입히는 데 사용될 연장이나, 쇠톱 등 집이나 그 밖의 건조물에 침입하는 데 사용될 연장을 정당한 이유 없이 숨기어 지니고 다니는 사람.

3 임꺽정, 홍길동은 같은 반 친구인 나순진 군을 폭행 등 '손 좀 봐줄 것'을 서로 모의하였다.

✳ **해설**

임꺽정, 홍길동의 행위는 경범죄처벌법 제1조 제4호 폭행 등 예비 행위에 해당합니다.

위 호는 여러 사람들이 타인의 신체에 해를 입힐 경우 타인에 대한 그 피해가 더욱 심할 것이므로 이를 미연에 방지할 목적으로 여러 사람이 타인의 신체에 해를 입히기로 모의하는 경우를 금지하는 것입니다.

| **조문** |

경범죄처벌법 제1조 제4호(폭행 등 예비) : 다른 사람의 신체에 대하여 해를 입힐 것을 공모하여 그 예비행위를 한 사람이 있는 경우 해를 입힐 것을 공모한 사람.

| **관련사례** | 살인, 강도 등을 서로 모의하는 경우는 형법 (살인예비죄, 강도예비죄)에 의하여 더욱 엄하게 벌합니다.

4 영구는 만우절을 맞이하여 친구들과 함께 범죄신고(112) 및 화재신고(119) 등을 허위로 신고하였다.

　❀ **해설**

　영구의 행위는 경범죄처벌법 제1조 제5호 허위신고 행위에 해당합니다.

　위 호는 공공기관에 허위신고하여 공공기관으로 하여금 헛된 활동을 하지 않도록 만든 것입니다.

　| **조문** |

　경범죄처벌법 제1조 제5호(허위신고) : 있지도 아니한 범죄 또는 재해의 사실을 공무원에게 거짓으로 신고한 사람.

　| **관련사례** | 특정된 사람이 하지도 않은 범죄행위를 했다고 신고하는 경우는 형법 중 무고죄가 성립되어 더욱 엄하게 벌합니다.

5 나악당은 산책을 하다가 사망한 사체의 주머니를 뒤졌다.

　❀ **해설**

　나악당의 행위는 경범죄처벌법 제1조 제6호 시체 현장변경 등 행위에 해당합니다.

　사체나 현장을 살펴보는 경우 배후에 범죄를 발견하는

경우가 많습니다. 위 호는 만일 그 사체나 현장을 변경할 경우, 범죄수사상의 단서를 잃게 될 우려가 많으므로 이를 방지할 목적으로 금하는 것입니다.

| 조문 |

경범죄처벌법 제1조 제6호(시체 현장변경 등) : 죽어 태어난 태아를 감추거나 정당한 이유 없이 변사체 또는 죽어 태어난 태아가 있는 현장을 바꾸어 놓은 사람.

| 관련사례 | 사체의 착의 상태를 바꾸거나 부착물을 제거하는 경우.

6 **| 조문 |**

경범죄처벌법 제1조 제7호(요부조자 등 신고불이행) : 자기가 관리하고 있는 곳에 도움을 받아야 할 노인·어린이·불구자·다친 사람 또는 병든 사람이 있거나 시체 또는 죽어 태어난 태아가 있는 것을 알면서 빨리 이를 관계공무원에게 신고하지 아니한 사람.

위 호는 도움을 필요로 하는 사람에게 신속한 보호와 구조를 해주기 위하여 관리인에 대하여 공무원에 신고하도록 하기 위한 것입니다.

7 마빡이는 학교 앞 식당에 가서 "나는 경찰관이다"라고 하며 경찰관임을 사칭하였다.

❈ **해설**

마빡이의 행위는 경범죄처벌법 제1조 제8호 관명사칭 등 행위에 해당합니다.

위 호는 정해진 칭호 제복 등 신용을 보장하고, 기타 범죄발생 우려를 예방하기 위하여 금하는 것입니다.

| **조문** |

경범죄처벌법 제1조 제8호(관명사칭 등) : 국내외의 관공직·계급·훈장·학위 그밖에 법령에 의하여 정하여진 명칭이나 칭호 등을 거짓으로 꾸며대거나, 자격이 없으면서 법령에 의하여 정하여진 제복·훈장·기장 그밖의 표장 또는 이와 비슷한 것을 사용한 사람.

| **관련사례** | 만일 경찰관인 양 신분증 제시를 요구하는 등 경찰관의 업무를 행한 경우는 형법(공무원자격사칭죄)에 의하여 더욱 엄하게 벌합니다.

8 ｜조문｜

경범죄처벌법 제1조 제9호(출판물의 부당게재 등) : 올바르지 아니한 이익을 얻을 목적으로 다른 사람 또는 단체의 사업이나 사사로운 일에 관하여 신문·잡지 그밖의 출판물에 어떤 사항을 싣거나 싣지 아니할 것을 약속하고 돈이나 물건을 받은 사람.

위 호는 다른 사람 또는 단체의 명예 신용의 훼손과 실추를 방지하고 이를 믿게 된 일반인들에게 손해를 끼칠 우려를 방지하기 위하는 금하는 것임.

9 나건달은 지하철에서 승객들을 상대로 물건을 사라고 강요하였다.

🌿 **해설**

나건달의 행위는 경범죄처벌법 제1조 제10호 물품강매·청객행위에 해당합니다.

위 호는 청객행위를 하는 것은 타인에게 괴로움을 주고, 사회질서를 혼란케 할 우려가 있어 이를 금하고 있는 것입니다.

경범죄처벌법 제1조 제10호(물품강매·청객행위) : 청하지 아니한 물품을 억지로 사라고 한 사람, 청하지 아니한 일을 해주거나 재주 등을 부리고 그 대가로 돈을 달라고 한 사람 또는 여러 사람이 모이거나 다니는 곳에서 영업을 목적으로 떠들썩하게 손님을 부른 사람.

| **관련사례** | 길거리에서 격파 등 재주를 보여주고 그 대가로 돈을 달라고 요구하는 경우 또는 길거리에서 영업을 목적으로 떠들썩하게 손님을 부른 경우.

10 | 조문 |

경범죄처벌법 제1조 제11호(허위광고) : 여러 사람에 대하여 물품을 팔거나 나누어 주거나 또는 일을 해줌에 있어서 다른 사람을 속이거나 잘못 알게 할 만한 사실을 들어 광고한 사람.

위 호는 상거래에 있어 신용을 보호하기 위하여 허위광고를 금하고 있는 것입니다.

11 맹구는 A고교 교무실에 개구리 열 마리를 풀어서 혼란스럽게 하여 업무를 방해하였다.

❋ 해설

맹구의 행위는 경범죄처벌법 제1조 제12호 업무방해 행위에 해당합니다.

위 업무방해는 악의는 없으나, 사회 통념상 그 범위를 넘어선 경우를 말하는 것이고, 만일 악의적인 것으로 보여질 경우는 형법상 업무방해죄가 성립하여 엄하게 벌합니다.

| 조문 |

경범죄처벌법 제1조 제12호(업무방해) : 다른 사람 또는 단체의 업무에 관하여 못된 장난 등으로 이를 방해한 사람.

12 아르바이트생 맹구는 지하도, 벽, 신호기, 광고탑 등에 피자집 광고물을 부착하였다.

❋ 해설

맹구의 행위는 경범죄처벌법 제1조 제1호 광고물 무단첨부 등 행위에 해당합니다.

위 호는 타인의 공작물 및 표시물에 대한 권리와 미관을 보호하기 위한 것입니다. 광고물은 관할구청 등 행정기관에서 지정된 곳에서만 부착이 가능합니다.

| 조문 |

경범죄처벌법 제1조 제13호(광고물 무단첩부 등) : 다른 사람 또는 단체의 집이나 그 밖의 공작물에 함부로 광고물 등을 붙이거나 걸거나 또는 글씨나 그림을 쓰거나 그리거나 새기는 행위 등을 한 사람과 다른 사람 또는 단체의 간판 그 밖의 표시물 또는 공작물을 함부로 옮기거나 더럽히거나 해친 사람.

| **관련사례** | 자동차에 성매매 알선을 유혹하는 광고물을 부착한 경우는 성매매알선등행위에관한법률위반으로 더욱 엄하게 벌할 수 있습니다.

13 손오공은 약수터의 물을 휘저어 혼탁하게 하였다.

❋ 해설

손오공의 행위는 경범죄처벌법 제1조 제14호 음료수 사용방해 행위에 해당합니다.

위 호는 마시는 물은 사람의 생명과 건강을 유지하는 매우 중요한 요소이므로 경미한 경우라도 이를 제재하기 위한 것입니다.

| 조문 |

경범죄처벌법 제1호 제14호(음료수 사용방해) : 사람이 마시는 물을 더럽히거나 그 사용을 방해한 사람.

14 저팔계는 길거리에서 담배꽁초, 껌, 휴지를 무단 투기하였다.

⚜ **해설**

저팔계의 행위는 경범죄처벌법 제1조 제16호 오물방치 행위에 해당합니다.

위 호는 주변 환경의 미관을 보호하기 위한 것으로서 서로가 지켜야 할 미덕이랍니다.

| 조문 |

경범죄처벌법 제1조 제16호(오물방치) : 담배꽁초·껌·휴지·쓰레기·죽은 짐승 그 밖의 더러운 물건이나 못 쓰게 된 물건을 함부로 아무 곳에나 버린 사람.

15 사오정은 길거리에서 침을 뱉었다.

✤ 해설

사오정의 행위는 경범죄처벌법 제1조 제1호 노상방뇨 행위에 해당합니다.

| 조문 |

경범죄처벌법 제1조 제17호(노상방뇨 등) : 길이나 공원 그 밖의 여러 사람이 모이거나 다니는 곳에서 함부로 침을 뱉거나 대소변을 보거나 또는 그렇게 하도록 시키거나 개 등 짐승을 끌고 와 대변을 보게 하고 이를 수거하지 아니한 사람.

| 관련사례 | 길거리에서 대·소변 등 용변을 보는 경우 또는 어머니가 아이로 하여금 길거리에서 위 행위를 하도록 시킨 경우.

16 맹구는 A고교 입학식 행사 진행 중 그 입학식 행사장에 강아지 세 마리를 풀어 행사장을 돌아다니게 하여 입학식 행사를 방해하였다.

✤ **해설**

맹구의 행위는 경범죄처벌법 제1조 제18호 의식방해 행위에 해당합니다.

위 호는 우리 주변의 사회생활상 각종 행사의 원활한 진행을 방해한 경우를 금지하기 위한 것입니다.

| 조문 |

경범죄처벌법 제1조 제18호(의식방해) : 공공기관 그 밖의 단체 또는 개인이 베푸는 행사나 의식에 대하여 못된 장난 등으로 이를 방해하거나 행사나 의식을 베푸는 자 또는 그 밖의 관계있는 사람이 말리는데도 듣지 아니하고 이를 방해할 우려가 뚜렷한 물건을 가지고 들어간 사람.

| **관련사례** | 학교 입학식, 졸업식에 물을 뿌려서 행사 진행을 방해한 경우 또는 중요행사장에 강아지 출입을 금하였음에도 이를 무시하고 강아지를 동행하여 강아지가 계속 짖어 행사진행에 방해가 된 경우.

17 임꺽정은 영구에게 A동아리에 가입하라고 억지로 권유하였다.

✤ 해설

임꺽정의 행위는 경범죄처벌법 제1조 제19호 단체가입강청 행위에 해당합니다.

위 호는 단체가입에 대한 개인의 자유의사를 보장하기 위한 것으로서 어떠한 경우라도 개인의 의사에 반하여 단체가입을 강청하는 경우를 금하는 것입니다.

| 조문 |

경범죄처벌법 제1조 제19호(단체가입강청) : 싫다고 하는데도 되풀이하여 단체가입을 억지로 청한 사람.

18 철수는 영희와 함께 부산 금정산을 등반을 하던 중, 금정산 중턱의 큰 바위에 '철수♡영희'라고 새겼다.

✤ 해설

철수의 행위는 경범죄처벌법 제1조 제20호 자연훼손 행위에 해당합니다.

위 호는 공원 등지의 자연 녹지를 보호하기 위한 것으로서 어떠한 경우라도 자연을 훼손해서는 안 됩니다.

| 조문 |

경범죄처벌법 제1조 제20호(자연훼손) : 공원·명승지·유원지 그 밖의 녹지구역 또는 풍치구역에서 함부로 풀·꽃·나무·돌 등을 꺾거나 캔 사람 또는 바위·나무 등에 글씨를 새기거나 하여 자연을 해친 사람.

| 관련사례 | 공원 등지에서 꽃을 꺾는 등 행위, 바위 및 나무에 자신의 이름을 새기를 행위, 돌 등을 캐는 행위 등.

19 영구는 학교에서 사육 중인 염소우리를 열어놓아 염소가 도망하게 하였다.

🌸 해설

영구의 행위는 경범죄처벌법 제1조 제21호 타인의 가축·기계 등 무단조작 행위에 해당합니다.

남이 사육중인 개, 소 등의 고삐를 풀어주거나 사육장의 문을 열어 도망하게 한 경우가 해당합니다.

｜조문｜

경범죄처벌법 제1조 제21호(타인의 가축·기계 등 무단조작) :
함부로 다른 사람 또는 단체의 소나 말 그 밖의 짐승 또는
매어 놓은 배·뗏목 등을 풀어 놓거나 자동차 등의 기계를
조작한 사람.

｜관련사례｜ 만일 개, 소 등을 잃어버리게 한 경우는 형법
(손괴죄)에 의하여 엄하게 벌합니다.

20 임꺽정은 마을 앞 개천에 큰 바위를 밀어 넣어 개천물 이 범람하는 등 흐름을 방해하였다.

✿ 해설

임꺽정의 해위는 경범죄처벌법 제1조 22호 수로유통방해 행위
에 해당합니다.

｜조문｜

경범죄처벌법 제1조 제22호(수로유통방해) : 개천이나 도
랑 그 밖의 물길의 흐름에 방해될 행위를 한 사람.

｜관련사례｜ 도랑이나 하수도를 파손하는 행위.

21 팥쥐는 동생 콩쥐로 하여금 지하철 내에서 구걸하게 하였다.

🌸 **해설**

팥쥐의 행위는 경범죄처벌법 제1조 제23호 구걸 부당이득 행위에 해당합니다:

구걸과 같은 행위는 근로의 의무에 반하고, 도시 미관에도 좋지 않으므로 이를 근절하기 위한 것입니다.

| 조문 |

경범죄처벌법 제1조 제23호(구걸 부당이득) : 다른 사람을 구걸하게 하여 올바르지 아니한 이익을 얻은 사람.

| **관련사례** | 18세 미만의 아동에게 구걸을 시키는 경우 아동복지법에 의거 더욱 엄하게 벌합니다.

22 저팔계는 여고 2년생인 나팔순의 뒤를 1시간가량 졸졸 졸 따라다니는 등 나팔순에게 불안감을 조성하였다.

🌸 **해설**

저팔계의 행위는 경범죄처벌법 제1조 제24호 불안감조성 행위에 해당합니다.

불안감조성의 행위는 사람들에게 불쾌감을 줄 뿐만 아니라, 생명·신체 등에도 해를 가할 수 있으므로 금지하는 것입니다.

| 조문 |

경범죄처벌법 제1조 제24호(불안감조성) : 정당한 이유 없이 길을 막거나 시비를 걸거나 주위에 모여들거나 뒤따르거나 또는 몹시 거칠게 겁을 주는 말 또는 행동으로 다른 사람을 불안하게 하거나 귀찮고 불쾌하게 한 사람 또는 여러 사람이 이용하거나 다니는 도로·공원 등 공공장소에서 고의로 험악한 문신을 노출시켜 타인에게 혐오감을 준 사람.

| 관련사례 | 길 가는 학생의 길을 막거나, 시비를 걸거나, 미행을 하는 방법으로 불안감을 조성한 경우.

23 사오정은 술에 취해 지하철 안 많은 사람들 앞에서 횡설수설하고 술주정을 하는 등 소란을 피웠다.

❊ 해설

사오정의 행위는 경범죄처벌법 제1조 제25호 음주소란 등 행위에 해당합니다.

본 호는 공공시설 및 승용물에서 이용자들을 보호하고 공중도덕을 유지하기 위함입니다.

| 조문 |

경범죄처벌법 제1조 제25호(음주소란 등) : 공회당·극장·음식점 등 여러 사람이 모이거나 다니는 곳 또는 여러 사람이 타는 기차·자동차·배 등에서 몹시 거친 말 또는 행동으로 주위를 시끄럽게 하거나 술에 취하여 이유 없이 다른 사람에게 주정을 한 사람.

| 관련사례 | 야구장이나 기차, 버스 안에서 술에 취하여 시끄럽게 하거나 사람들에게 횡설수설 주정을 부린 경우가 해당합니다.

24 손오공, 사오정, 저팔계는 손오공의 생일을 맞이하여 손오공의 집에서 큰 소리로 노래를 부르다가 순찰중인 경찰관에 의하여 저지를 받았음에도 불구하고 계속하여 큰소리로 노래를 불러 인근 주민들로부터 항의를 받았다.

❋ 해설

손오공, 사오정, 저팔계의 행위는 경범죄처벌법 제1조 제26호 인근소란 등 행위에 해당합니다.

관계 공무원의 저지를 받았으면 충분히 협조를 해주어야 합니다.

| 조문 |

경범죄처벌법 제1조 제26호(인근소란 등) : 악기·라디오·텔레비전·전축·종·확성기·전동기 등의 소리를 지나치게 크게 내거나 큰 소리로 떠들거나 노래를 불러 이웃을 시끄럽게 한 사람.

| 관련사례 | 관계 공무원이 말리는데도 음악을 크게 틀어 춤추는 등 시끄럽게 한 경우가 해당합니다.

25 손오공은 화재발생 우려가 많은 부산 금정산 계곡에서 가스버너를 이용하여 라면을 끓이고 저팔계와 사오정은 그 옆에서 숯불을 이용하여 고기를 구웠다.

❖ 해설

손오공, 저팔계, 사오정의 행위는 경범죄처벌법 제1조 제27호 위험한 불씨 사용 행위에 해당합니다.

| 조문 |

경범죄처벌법 제1조 제27호(위험한 불씨 사용) : 상당한 주

의를 하지 아니하고 건조물·수풀 그 밖의 불붙기 쉬운 물
건 가까이서 불을 피우거나, 휘발유 그 밖의 불이 옮아붙
기 쉬운 물건 가까이서 불씨를 사용한 사람.

| **관련사례** | 만일 불을 일으킨 경우는 형법(실화, 방화)에
의거 더욱 엄하게 벌합니다.

26 임꺽정은 잠실구장에서 벌어진 프로야구 LG:롯데 경기를 보던 중, 자신이 응원하는 팀이 실점을 하자, 운동장을 향해 빈 소주병을 던졌다.

✦ 해설

임꺽정의 행위는 경범죄처벌법 제1조 제28호 물건 던지기 등 위
험행위에 해당합니다.

사람들이 많이 모인 곳에서의 질서와 안전을 위하여 위
험한 행위는 자제하여야 합니다.

| 조문 |

경범죄처벌법 제1조 제28호(물건 던지기 등 위험행위) : 다
른 사람의 신체나 다른 사람 또는 단체의 물건에 해를 끼
칠 우려가 있는 곳에 상당한 주의를 하지 아니하고 물건을

던지거나 붓거나 또는 쏜 사람.

| **관련사례 1** | 사람들이 많은 곳에서 돌이나 유리병을 던지는 행위, 고무총을 쏘는 행위, 높은 곳에서 아래로 물건을 던지는 행위 등.

| **관련사례 2** | 만일 사람이나 물건에 직접적인 피해가 발생하면 형법(폭행, 상해, 손괴)에 의하여 더욱 엄하게 벌합니다.

27 나순진은 집중호우로 인하여 무너질 우려가 있는 집 등에 대하여 관계공무원의 '다른 사람들에게 피해가 될 수 있으니 고쳐라'는 요구를 받았음에도 이런저런 핑계로 고치지 않았다.

❀ **해설**

나순진의 행위는 경범죄처벌법 제1조 제29호 공작물 등 관리소홀 행위에 해당합니다.

위험상태에 놓인 물건 부근의 사람의 신체·재산을 보호하기 위함입니다. 최근 중국의 대지진 등과 같은 피해 예방을 위하여 주변을 돌아보는 것도 중요할 것입니다.

| 조문 |

경범죄처벌법 제1조 제29호(공작물 등 관리소홀) : 무너지

거나 넘어지거나 떨어질 우려가 있는 공작물 그 밖의 물건에 대하여 관계공무원으로부터 고칠 것을 요구받고도 필요한 조치를 게을리 하여 여러 사람에게 위험을 미칠 우려가 있게 한 사람.

28 A상점 주인은 입간판이 부셔져 통행에 장애를 일으켜, 관계공무원으로부터 필요한 조치를 취할 것을 문서로 받았음에도 불구하고 필요한 조치를 하지 않았다.

❋ 해설

위 상점 주인의 행위는 경범죄처벌법 제1조 제30호(굴뚝 등 관리소홀) 행위에 해당합니다.

본 호는 통행에 불편을 주는 요소나 화재, 붕괴 등 일으킬 수 있는 요소를 제거하기 위하여 제정된 것입니다.

| 조문 |

경범죄처벌법 제1조 제30호(굴뚝 등 관리소홀) : 관련공무원으로부터 고칠 것을 문서로 요구받고도 사람의 통행에 불편을 주는 굴뚝·물받이·하수도·냉난방장치·환풍장치 등을 고치는 등 필요한 조치를 하지 아니한 사람.

29 |조문|

경범죄처벌법 제1조 제31호(정신병자 감호소홀) : 위험한 행위를 할 우려가 있는 정신병자를 돌볼 의무가 있는 사람이 그를 제대로 돌보지 아니하여 집 밖이나 감호시설 밖으로 나돌아 다니게 한 사람.

위 호는 정신정자 등이 감호시설 밖으로 나돌아 다니게 되면, 사회가 불안해지는 등 치안 유지상 필요하므로 제정된 것입니다.

30 마빡이는 여러 사람이 오가는 A공원 산책로에서 애완견의 목줄을 하지 않은 채 산책을 하고 있었다.

❋ 해설

마빡이의 행위는 경범죄처벌법 제1조 제32호 위해동물 관리소홀 행위에 해당합니다.

본 호는 동물이 사람이나 가축에 해를 끼치는 것을 방지하기 위함을 목적으로 하는 것으로서 산책을 하거나 여러 사람이 모인 곳에서는 다른 이들에게 발생할 수 있는 불상사를 예방하기 위하여 애완견 등의 목줄을 하는 등 관리를 잘 하여야 합니다. 만일 애완견 등에 의하여 타

인이 상처를 입는다면 형법에 의해 더욱 엄하게 다스려
질 수 있답니다.

| 조문 |

경범죄처벌법 제1조 제32호(위해동물 관리소홀) : 사람이나
가축에 해를 끼치는 버릇이 있는 개, 그 밖의 동물을 함부
로 풀어놓거나 제대로 살피지 아니하여 나돌아 다니게 한
사람.

| 관련사례 | 개, 뱀 등을 함부로 풀어놓아 나돌아 다니게
한 경우.

31 사오정은 자신의 애완견으로 하여금 평소 자신을 괴롭
히는 저팔계에게 달려들도록 하여, 이에 놀란 저팔계는 그 자리
에 주저앉아 울음을 터뜨리고 말았다.

❀ 해설

사오정의 행위는 경범죄처벌법 제1조 제33호 동물 등에 의한 행
패 등 행위에 해당합니다.

| 조문 |

경범죄처벌법 제1조 제33호(동물 등에 의한 행패 등) : 소나

말을 놀라게 하여 달아나게 하거나 개 그 밖의 동물을 시켜 사람이나 가축에 달려들게 한 사람.

| 관련사례 | 소를 놀라게 하여 우리 밖으로 도망하게 하거나, 개 등 짐승으로 하여금 가축에 달려들게 하는 경우가 해당합니다.

32 놀부는 밤늦은 시간에 사람들이 통행하리라는 것을 잘 알면서도, 집 앞 가로등을 마음대로 꺼버렸다.

❋ 해설

놀부의 행위는 경범죄처벌법 제1조 제34호 무단 소등 행위에 해당합니다.

본 호는 교통 등 안전과 편의를 보장하고 범죄의 예방을 위하여 금하고 있는 것입니다.

| 조문 |

경범죄처벌법 제1조 제34호(무단 소등) : 여러 사람이 다니거나 모이는 곳에 켜놓은 등불이나 다른 사람 또는 단체가 표시가 되게 하기 위하여 켜놓은 등불을 함부로 끈 사람.

| **관련사례** | 어느 회사의 입간판을 끄는 행위 역시 본 호
에 해당합니다.

33 | 조문 |

경범죄처벌법 제1조 제35호(공중통로 안전관리소홀) : 여러
사람이 다니는 곳에서의 위험한 사고 발생을 막을 의무가
있는 사람이 등불을 켜놓지 아니하거나 그 밖의 예방조치
를 게을리 한 사람.

위 호는 도로에서 위험이 발생할 우려가 있는 경우 이를
예방하기 위함입니다.

34 사오정은 지진으로 인하여 구호활동이 이루어지고 있는 현장의 출입을 금하고 있는 지역에 마음대로 출입하였다.

❋ 해설

사오정의 행위는 경범죄처벌법 제1조 제36호 공무원 원조불응
행위에 해당합니다.

위 호는 재해현장의 혼란을 막고 질서를 유지하기 위한
것으로서 관계 공무원에 대한 적극적인 협조가 필요합니다.

| 조문 |

경범죄처벌법 제1조 제36호(공무원 원조불응) : 눈·비·바람·해일·지진 등으로 인한 재해 또는 화재·교통사고·범죄 그 밖의 급작스러운 사고가 발생한 때에 그곳에 있으면서도 정당한 이유 없이 관계공무원 또는 이를 돕는 사람의 현장출입에 관한 지시에 따르지 아니하거나 공무원이 도움을 청하여도 이에 응하지 아니한 사람.

| **관련사례** | 재해현장에서 관계 공무원의 도움을 받고도 정당한 이유 없이 이에 응하지 않은 채 방관하는 것도 본호의 단속대상이 됩니다.

35 | 조문 |

경범죄처벌법 제1조 제37호(성명 등의 허위기재) : 성명·주민등록번호·본적·주소·직업 등을 거짓으로 꾸며대고 배나 비행기를 탄 사람.

위 호는 배와 비행기의 조난 시 대비하여 인명조사를 원활히 하기 위한 것으로 정확한 인적사항의 기재를 하여 구조 활동을 원활히 하도록 하여야 할 것입니다.

36 | 조문 |

경범죄처벌법 제1조 제38호(전당품장부 허위기재) : 물건을 전당잡히는 데 있어서 영업자의 장부에 성명·주민등록번호·주소·직업 등을 거짓으로 알려 써넣게 한 사람.

위 호는 절도품 등의 장물의 거래를 제한하고 정확성을 보장하기 위하여 제정된 것입니다.

37 사오정은 자신이 지리산에서 수도한 도사라고 하면서 저팔계의 질병에 대하여 굿을 하여 낫도록 해주겠다고 현혹하였다.

✤ 해설

사오정의 행위는 경범죄처벌법 제1조 제39호 미신요법 행위에 해당합니다.

위 호는 정상적인 의료행위의 방해를 방지하며, 환자 및 그 가족들에 대한 정신적·물질적 손해를 예방하고 자칫 큰 의료사고로 이어질 수 있는 행위를 근절하기 위함입니다.

| 조문 |

경범죄처벌법 제1조 제39호(미신요법) : 근거 없이 신기

하고 용한 약방문인 것처럼 내세우거나 그 밖의 미신의 방법으로 병을 진찰·치료·예방한다고 하여 사람들의 마음을 홀리게 한 사람.

38 | 조문 |

경범죄처벌법 제1조 제40호(야간통행제한위반) : 전시·사변·천재·지변 또는 그 밖의 사회에 위험이 생길 우려가 있을 경우에 경찰청장 또는 해양경찰청장이 정하는 야간통행제한을 위반한 사람.

39 <u>나공주는 자신의 몸매를 과시하기 위하여 공원 벤치에 속옷만 걸친 채 앉아있었다.</u>

❄ **해설**

나공주의 행위는 경범죄처벌법 제1조 제41호 과다노출 행위에 해당합니다.

| 조문 |

경범죄처벌법 제1조 제41호(과다노출) : 여러 사람의 눈에

띄는 곳에서 함부로 알몸을 지나치게 내놓거나 속까지 들여다보이는 옷을 입거나 또는 가려야 할 곳을 내어 놓아 다른 사람에게 부끄러운 느낌이나 불쾌감을 준 사람.

|관련사례| 여러 사람의 앞에서 유방이나 성기 등을 노출하여 다른 사람에게 부끄러운 느낌이나 불쾌감을 주는 경우.

40 |조문|

경범죄처벌법 제1조 제42호(지문채취불응) : 범죄의 피의자로 입건된 사람에 대하여 경찰공무원이나 검사가 지문조사 외의 다른 방법으로 그 신원을 확인할 수 없어 지문을 채취하려고 할 때 정당한 이유 없이 이를 거부한 사람.

41 마빡이는 유원지에서 돗자리를 깔고 빈자리를 먼저 잡은 후, 나중에 온 손오공 일행들에게 돈을 받고 자리를 내어주었다.

✽ 해설

마빡이의 행위는 경범죄처벌법 제1조 제43호 자릿세 징수 등 행위에 해당합니다.

여러 사람이 자유로이 이용하는 곳에서, 영업을 목적으로 돈을 받는 등 건전하지 못한 행위를 해서는 안 됩니다.

| 조문 |

경범죄처벌법 제1조 제43호(자릿세 징수 등) : 여러 사람이 모이거나 쓸 수 있도록 개방된 시설 또는 장소에서 좌석이나 차 세워둘 자리를 잡아주기로 하거나 잡아주면서 돈을 받거나 요구하거나 이를 위하여 다른 사람을 귀찮게 따라다니는 사람.

42 | 조문 |

경범죄처벌법 제1조 제46호(비밀 춤교습 및 장소제공) : 공연하지 아니한 곳에서 다른 사람으로부터 대가를 받고 춤을 가르치거나 그 장소를 사용하도록 한 사람.

43 짱구는 프로야구 한국시리즈(롯데:삼성) 입장권을 미리 확보한 후, 입장하지 못한 사람들에게 웃돈을 받고 되팔았다.

❧ 해설

짱구의 행위는 경범죄처벌법 제1조 제47호 암표매매 행위에 해당합니다.

건전한 놀이 문화 정착을 위하여 정당하지 못한 암표를 구입하는 행위가 먼저 없어져야 할 것입니다.

| 조문 |

경범죄처벌법 제1조 제47호(암표매매) : 흥행장·경기장·역·나루터 또는 정류장 그 밖의 정해진 요금을 받고 입장시키거나 승차 또는 승선시키는 곳에서 웃돈을 받고 입장권·승차권 또는 승선권을 다른 사람에게 되판 사람.

44 사오정은 A극장에서 흥행중인 영화 「액션가면」을 보기 위하여 친구 손오공, 저팔계와 함께 줄을 서서 기다리던 중, 급한 마음에 맨 앞에 서있는 연약한 친구를 밀어내고 그 자리에 끼어들었다.

❀ 해설

사오정의 행위는 경범죄처벌법 제1조 제48호 새치기 행위에 해당합니다.

| 조문 |

경범죄처벌법 제1조 제48호(새치기) : 흥행장·경기장·

역·나루터 또는 정류장 그 밖의 여러 사람이 모이는 곳에
서 승차·승선 또는 입장하거나 표를 사기 위하여 사람들
이 줄을 서고 있을 때에 새치기 하거나 떠밀거나 하여 그
줄의 질서를 어지럽힌 사람.

45 맹구는 공원을 산책하던 중 '출입금지' 표시판이 설치
된 지역을 발견하여 궁금한 마음에 몰래 들어갔다.

❦ **해설**

맹구의 행위는 경범죄처벌법 제1조 제49호 무단출입 행위에 해
당합니다.

| 조문 |

경범죄처벌법 제1조 제49호(무단출입) : 출입이 금지된 구
역이나 시설 또는 장소에 정당한 이유 없이 들어간 사람.

| **관련사례** | 여자화장실에 남자가 출입하는 경우.

46 영구는 아버지가 장롱 속에 보관 중인 공기총을 가지고 나와 친구들과 전쟁놀이를 하는 등 장난을 하였다.

❇ 해설

영구의 행위는 경범죄처벌법 제1조 제50호 총포 등 조작 장난행위에 해당합니다.

공기총 등 총포는 위험한 물건이므로 임의로 가져나오거나 운반을 해서도 안 된답니다.

| 조문 |

경범죄처벌법 제1조 제50호(총포 등 조작 장난) : 여러 사람이 모이거나 다니는 곳에서 상당한 주의를 하지 아니하고 총포나 화약류 그 밖의 폭발의 우려가 있는 물건을 다루거나 이를 가지고 장난한 사람.

| 관련사례 | 만일 공기총을 발사하여 타인의 생명이나 신체에 해를 가하였다면, 총포·도검·화약류단속법 및 형법에 의하여 더욱 엄하게 벌합니다.

47 저팔계는 수중에 돈이 없어 택시비를 낼 능력이 되지 않음에도 택시에 승차하여 A해수욕장으로 간 후 그 택시요금을 지불치 않았다.

❧ 해설

저팔계의 행위는 경범죄처벌법 제1조 제51호 무임승차 및 무전취식 행위에 해당합니다.

수중에 돈이 없어 지불할 의사나 그 능력이 없는 가운데 위 같은 행위를 하였다면 형법의 사기죄에 의하여 처벌받을 수도 있는 것입니다. 그리고 만일 상습성이 인정되거나 피해금액이 중한 경우도 더욱 엄하게 벌합니다.

| 조문 |

경범죄처벌법 제1조 제51호(무임승차 및 무전취식) : 영업용 차 또는 배 등을 타거나 다른 사람이 파는 음식을 먹고 정당한 이유 없이 제값을 치르지 아니한 사람.

| **관련사례** | 돈이 없는 줄 알면서도 식당에서 음식을 시켜먹고 음식값을 지불치 않은 경우.

48 | 조문 |

경범죄처벌법 제1조 제52호(뱀 등 진열행위) : 여러 사람이 모이거나 다니는 곳에서 뱀이나 끔찍한 벌레 등을 팔거나 또는 팔기 위하여 늘어놓아 다른 사람에게 불쾌감을 준 사람.

49 영구는 만우절을 맞이하여 여러 차례 119에 전화를 걸어 말도 없이 끊는 행위를 반복하였다.

❋ 해설

영구의 행위는 경범죄처벌법 제1조 제53호 장난전화 등 행위에 해당합니다.

친구들이 만우절 등을 맞이하여 장난전화를 하는 경우가 많이 있습니다. 그러나 이 같은 행위는 범법행위임을 알아야 합니다. 그리고 그냥 끊는 행위에 그치지 않고 허위내용을 신고한 경우는 경범죄처벌법 제1조 5호 허위신고 행위에 해당합니다.

| 조문 |

경범죄처벌법 제1조 제53호(장난전화 등) : 정당한 이유 없이 다른 사람에게 전화 또는 편지를 여러 차례 되풀이하여 괴롭힌 사람.

| **관련사례** | 중국집의 주문전화를 받는 시간에 위 같은 행위를 할 경우 형법의 업무방해 행위로 가중 처벌될 수도 있습니다.

50 저팔계는 흡연이 금지된 도서관에서 담배를 피웠다.

❊ **해설**

저팔계의 행위는 경범죄처벌법 제1조 제54호 금연장소에서의 흡연 행위에 해당합니다.

건강을 위하여 담배를 끊는 것도 중요하지만, 애호가들은 타인의 건강에 해를 끼칠 수 있는 곳에서 또는 화재 발생의 우려가 있는 곳에서 우리가 약속으로 정한 금연장소에서는 담배를 피우지 않는 등 공중질서를 지켜야겠지요.

│ **조문** │

경범죄처벌법 제1조 제54호(금연장소에서의 흡연) : 담배를 피우지 못하도록 표시된 곳에서 담배를 피운 사람.

│ **관련사례** │ 지하철, 버스, 도서관, 병원, 실내체육관 등에서 담배를 피우는 행위.

3

즐거운 학교생활을 위하여

1. 학교폭력 현황

(부산지방경찰청 통계 2008. 1. 1 ~ 4. 30)

구분	유 형 별					조 치				
	계	폭행	성폭력	갈취	손괴	계	구속	불구속	소년부 송치	불입건
2007년	549	264	32	253		549	10	301	60	178
2008년	391	238	3	145	5	391		361	27	3
대비	-158	-26	-29	-108	+5	-158	-10	+60	-33	-175

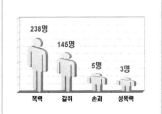

2. 최근 주요 사례

*속칭 '생일빵' 집단폭행

2008. 3. 20. 부산 A중학교에서 생일을 맞이한 학생(중2, 남)에게 속칭 '생일빵'을 빙자하여 친구와 선배들이 피해학생을 집단 폭행함

※ 신장 파열 등 4주간 입원치료

3. 실태분석

1) 학교폭력 실태 설문조사

· 조사기관 : 부산지방경찰청

· 조사기간 : 2008. 5. 14~5. 16 (3일간)

· 조사대상 : 부산 14개 중학교 총 9,331명

※ 남(3) · 여(3) · 남녀공학(8), 배움터지킴이 학교 각 1개교 포함

· 설문내용

– 학교폭력 일반 실태(장소, 시간대, 피해유형 등)

– 남 · 여 · 남녀공학 학교 간 학교폭력 실태 비교

– 배움터 지킴이 실시학교와의 비교

2) 학생대상 설문조사 분석 결과 (중학생 총 9,331명 대상)

〈학교폭력 피해 경험〉

피해경험 有 10.1% (940명)

〈피해 유형별〉

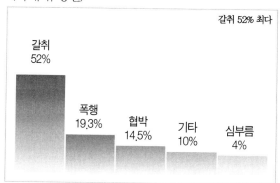

갈취 52% 최다

갈취
52%

폭행
19.3%

협박
14.5%

기타
10%

심부름
4%

〈학년별 피해 현황〉

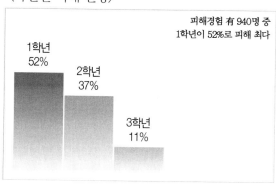

피해경험 有 940명 중
1학년이 52%로 피해 최다

1학년
52%

2학년
37%

3학년
11%

〈학교별 피해 현황〉

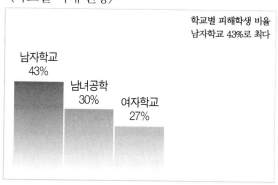

학교별 피해학생 비율
남자학교 43%로 최다

남자학교
43%

남녀공학
30%

여자학교
27%

〈피해횟수〉

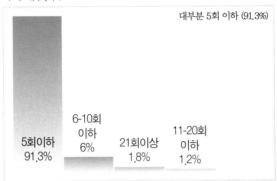

대부분 5회 이하 (91.3%)

5회이하
91.3%

6-10회
이하
6%

21회이상
1.8%

11-20회
이하
1.2%

〈피해장소〉

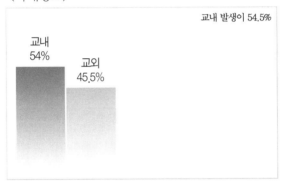

교내 발생이 54.5%

교내
54%

교외
45.5%

〈교내 발생 장소〉

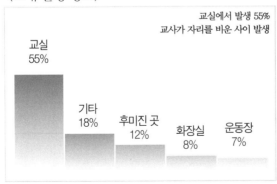

교실에서 발생 55%
교사가 자리를 비운 사이 발생

교실
55%

기타
18%

후미진 곳
12%

화장실
8%

운동장
7%

〈교외 발생 장소〉

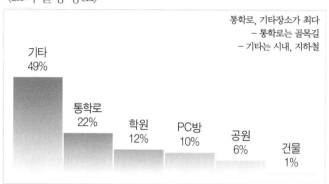

통학로, 기타장소가 최다
– 통학로는 골목길
– 기타는 시내, 지하철

기타
49%

통학로
22%

학원
12%

PC방
10%

공원
6%

건물
1%

〈피해기간〉

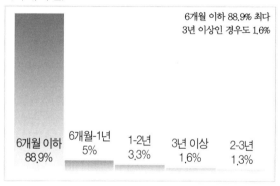

6개월 이하 88.9% 최다
3년 이상인 경우도 1.6%

6개월 이하
88.9%

6개월-1년
5%

1-2년
3.3%

3년 이상
1.6%

2-3년
1.3%

〈가해 학생수〉

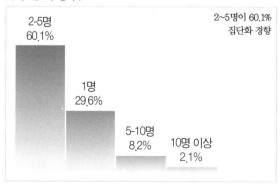

2~5명이 60.1%
집단화 경향

2-5명
60.1%

1명
29.6%

5-10명
8.2%

10명 이상
2.1%

4. 청소년들에게 고하는 조언

가. 가출을 할 경우

청소년 범죄 발생의 과정 중 특히 가출에 대한 문제점이 심각합니다. 청소년이 가출을 시작하여 집단거주 및 모텔 등을 전전하면서 성매매에 노출되거나 집단화 흉폭화 되는 경우가 많습니다.

⑴ 청소년 시기에는 충동적으로 가출을 하는데 이런 경우는 특히 결손가정이나 위기가정에서 많이 볼 수 있습니다.

⑵ 청소년들은 부모님의 관심과 배려를 지나친 간섭으로 받아들이는 경향이 많이 있는데, 청소년과 보모님 모두 되돌아보는 마음가짐이 필요할 것입니다.

⑶ 청소년은 가출을 할 경우 자신에게 돌아올 실익과 가출하지 않고 주변의 유혹에 인내하며 자신을 관리하였을 경우 돌아올 각 실익에 대하여 스스로 생각할 줄 알아야 할 것입니다.

나. 범죄에 노출되었을 경우

⑴ 범죄피해를 입었거나 유혹이 있는 경우에는 혼자 고민하지 말고 선생님, 부모님 등 주변 어른들을 찾아가서 해결방법에 대한 도움을 받아야 합니다.

(2) 으슥한 골목길을 혼자 다니지 않도록 하며, 가급적 대로변으로 다니기 바랍니다.

(3) 불량배를 만났을 경우에는 당황하지 말고 인상착의 특징·피해를 당한 시간 및 장소를 기억해두었다가 메모합시다.

(4) 피해를 당하고도 보복이 두려워 신고를 하지 못하는 경우가 많습니다. 그러나 경찰은 언제든지 여러분 곁에 있습니다. 언제든지 도움을 청하시기 바랍니다.(범죄신고 112)

다. 집단따돌림(일명 왕따) 현상이 있는 경우

(1) 피해자의 경우 : 자칫 더 큰 사고를 일으킬 수 있으니 혼자 고민하지 말고 선생님, 부모님 등 주변 어른들을 찾아가서 문제의 해결방법에 대한 도움을 받아야 합니다. 만일 여러분 주변에서 그러한 현상을 발견하였을 경우에도 반드시 선생님이나 부모님에게 알려서 해결하도록 해야 합니다.

(2) 가해자의 경우 : 비록 재미로 시작한 집단 따돌림(일명 왕따)일지라도, 피해학생과 서로 입장을 바꿔서 피해학생의 정신적·육체적 고통이 어떠할 것이라는 생각을 하면서 즉각 중단하여야 합니다. 피해학생에게 더 큰 사고가 발생할 경우, 가해학생들에 대한 분명한 민·형사적 책임이 따른다는 것을 명심하여야 합니다.

4

사이버 유혹

1. 사이버범죄의 의미

사이버범죄는 인터넷과 같은 정보통신망으로 연결된 컴퓨터 시스템이나 이들을 매개로 한 사이버 공간에서 행해지는 모든 범죄를 말합니다.

2. 사이버범죄의 특징

사이버범죄는 인터넷상에서 비대면성, 익명성, 전문성과 기술성, 시간적·공간적 무제약성, 빠른 전파성과 천문학적 재산피해, 죄의식이 희박, 발견과 증명, 고의 입증이 곤란 등 많은 문제점을 안고 있어 그 피해는 날로 확산되어가는 가운데 앞으로도 그 피해는 날로 증가할 것이라고 예측되고 있습니다.

3. 사이버범죄의 유형

○ 사이버테러형 범죄

― 해킹

컴퓨터시스템의 취약점을 이용하여 불법적으로 접근한 후 자료의 유출, 위변조 및 삭제, 시스템 장애 및 마비를 유발시키는 행위입니다.

― 서비스거부(Denial of Service)

컴퓨터시스템에 대량의 자료를 보내 과부하가 걸리도록 만들어 시스템을 무력화시키는 행위입니다.

― 전자우편 폭탄(E-mail Bomb)

큰 사이즈의 전자우편을 보내거나 작은 사이즈의 전자우편을 반복하여 다량으로 보냄으로써 시스템을 마비시키는 행위입니다.

― 논리폭탄(Logic Bomb)

특정날짜나 시간 등 일정한 조건을 만족시키면 프로그램이 저절로 작동돼 정보를 삭제하거나 인터넷 사용 등을 방해하는 행위입니다.

― 트로이 목마(Trojan Horse)

정상적인 프로그램 내부에 숨어서 시스템이나 네트워크에 피해를 입히는 코드로서 이를 이용하는 행위입니다.

― 인터넷 웜(Internet Worm)

네트워크에 침입하여 컴퓨터, 네트워크, 사용자에 대한 정보를 입수한 뒤 다른 시스템에 침투하고 자신의 복사본을 만들어 또 다른 시스템으로 옮기는 행위입니다.

― 컴퓨터 바이러스

컴퓨터 바이러스는 자기 복제를 하여 전파되면서 시스템에 오동작을 일으키거나 파일을 손상시키는 프로그램으로서 이 바이러스를 유포하는 행위입니다.

○ 일반사이버범죄

기존 오프라인에서 행해지던 범죄가 단지 인터넷 등 컴퓨터시스템을 이용하여 행해지는 범죄로서 통신사기, 사이버 도박, 음란사이트 운영, 개인정보 침해, 명예훼손 및 모욕(무분별한 댓글), 사이버 성폭력, 저작권법위반(영화, 강의, 소설 등 불법복제 및 전송) 등을 들 수 있습니다.

4. 최근 주요 사이버범죄의 유형

위 많은 사례 중 최근 청소년들이 주의하여야 할 범죄유형으로는, 인터넷상에 영화·소설파일·강의영상물 등을 무분별하게 내려받거나 게시하여 불특정다수인들과 공유함으로써 성립하는 범죄입니다. 또 연예인, 스포츠인 등 인기인과 관련한 무분별한 댓글(일명 악플)을 게시함으로써 성립하는 명예훼손 및 모욕죄도 주류를 이루고 있으며, 최근 또다시 음란물 유포 등의 행위가 서서히 기승을 부리고 있습니다.

5. 사이버범죄 신고

※ 인터넷 신고 가능

→ 사이버테러 대응센터 홈페이지 이용

http://www.netan.go.kr

http://cyber112.police.go.kr

http://www.1336.or.kr

http://www.spamcop.or.kr

〈부록〉

⊙ 형사사건처리절차도

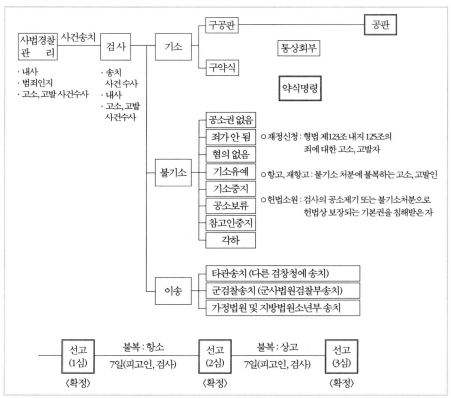

선고 (1심)	불복 : 항소	선고 (2심)	불복 : 상고	선고 (3심)
	7일(피고인, 검사)		7일(피고인, 검사)	
〈확정〉		〈확정〉		〈확정〉

⊙ 청소년범죄처리절차도

경찰서장 → (검사) → 지방법원 소년부

◎ **소년부 판사의 보호처분의 결정 → 소년법 제32조**

촉법소년(만 10세~만 14세)부터 만 19세 미만의 소년범에 대하여는 소년부 판사가 아래와 같이 7가지의 보호처분을 한다.

1호처분 : **보호자에게 인계**

2호처분 : **단기 보호관찰**

3호처분 : **중·단기 보호관찰**

4호처분 : 아동복지법상의 아동복지시설 기타 **소년보호시설에 감호를 위탁**

5호처분 : **병원(정신병원 등), 요양소 위탁, 정신결함 및 마약중독자 등**

6호처분 : 소년원(단기)송치 → 주로 6개월가량 소년원에 수감시켜 교화

7호처분 : 소년원(장기)송치 → 주로 1년 6개월가량 소년원에 수감시켜 교화

청소년은 우리의 미래를 보는 거울이다